SOUS LES PIERRES

Van Egroo - Vissol

Sous les pierres

Vérone éditions

Envois de manuscrits :
Vérone éditions – 75 boulevard Haussmann – 75008 Paris

Malédiction
Toujours donnée par un père.
(Gustave Flaubert, *Dictionnaire des idées reçues*)

28 SEPTEMBRE 2010

À peine sortis de la gare de Busan en provenance de Séoul ils sont descendus vers la mer. Vingt costumes sombres chemises claires répartis dans dix Equus[1] dernier modèle.

Ils glissent vers le rivage à l'ombre du verre et de l'acier des gratte-ciel pour déboucher en pleine lumière sur la rue qui borde le port. La mer disparaît à présent derrière une barre de toiles chamarrées à l'abri desquelles, dès l'aube, des centaines de femmes coupent, vident et vendent des poissons de toutes tailles et couleurs sur des planches ou à même le sol. Elles le cuisinent aussi et le servent dans des restaurants de fortune. Les fenêtres des limousines restent obstinément fermées, préservant les passagers de la réalité criarde de Jagalchi[2]. Les odeurs de cuisine mêlées à celles du poisson qui sèche au soleil sont une puanteur.

Maintenant le cortège aborde la halle moderne du New Market qui jouxte le marché traditionnel. Ce marché couvert les rapproche de leur mission. Des aquariums géants défilent à l'écran. Un temple plutôt qu'un marché, une vitrine de la pêche industrielle dont Busan est une des capitales mondiales.

La démonstration a pris fin. Les chauffeurs accélèrent pour déposer trois cents mètres plus loin, chacun leur tour, les invités du président Park Yong-Joon[3] au pied du Joonfish.Corp Building qui les domine de ses deux cent quinze mètres.

---

1 Véhicule haut de gamme du constructeur sud-coréen Hyundai.

2 Le plus grand marché de fruits de mer de la Corée du Sud.

3 *Yong* signifie courage et *Joon* remarquable, exceptionnel.

« Tout en haut de ce building, on peut toucher le ciel et tutoyer les dieux » avait confié le Président à son bras droit Pierre-Marie Gilbert, fondé de pouvoir de la banque privée Reynaud, la veille de son départ pour Séoul, dans son bureau de l'avenue Pierre-Ier-de-Serbie.

Le soixante-douzième et dernier étage du Joonfish.Corp Building est entièrement vitré, les portes de l'ascenseur ouvrent directement sur le bleu du ciel et de la mer. À donner le vertige à Pierre-Marie Gilbert.

Finies les figures imposées des réunions de la matinée, finis les discours officiels des Coréo-Japonais pour les présentations ou ceux des Franco-Flamands pour les remerciements. Le tout en langue anglaise. Les accords sont signés, il est temps de savourer l'instant, de déguster un Bollinger d'exception ou un Yoichi[4] d'un autre âge. Place aux fines hôtesses coréennes dans leur robe-fourreau noire évoluant avec grâce dans les quelque trois cents mètres carrés du salon de réception.

Pierre-Marie Gilbert se rapproche non sans réticence de la paroi de verre. Au son feutré de la célébration se superpose une vision bruissante du monde d'en bas : alignements de porte-containers et de chalutiers industriels à coque noire, fourmillement de petites embarcations de tout acabit et grouillement du peuple de la mer.

---

4 Rarissime version du plus traditionnel single malt japonais.

21 AVRIL 2011

À ses pieds, sous le pont Erasmus, encerclant le Noordereiland[5], la Nieuwe Maas s'écoule nonchalante en cette fin d'après-midi. La lumière des premiers lampadaires ne réchauffe pas la grisaille.

À peine rentré de Chicago, Pierre-Marie Gilbert avait repris l'avion à Roissy pour être à Rotterdam dès neuf heures. Il aurait bien aimé se reposer un peu avant l'inauguration du siège. Mais il avait dû faire le job en participant au bouclage du dossier financier tout en contribuant à l'élaboration de la politique commerciale européenne et à la définition du plan marketing. Les réunions s'étaient éternisées avec l'inévitable cérémonial asiatique et les pinailleries de traducteurs. Sans compter que le président Reynaud n'allait pas tarder à faire son entrée. Il venait tout naturellement récolter les lauriers.

La salle de réception située au sommet de cet immeuble de trente-huit étages bardé d'ardoises et vitré de bleu est posée au milieu de nulle part dans un océan de nuit sans lune.

Au centre de l'espace la maquette à grande échelle de leur projet repose sur une plaque de verre soutenue par quatre piliers de bois précieux. À dix-neuf heures trente très précisément une demi-douzaine de maîtres d'hôtel, pantalons noirs, gilets rayés, gants blancs, font leur entrée et s'alignent derrière les tables nappées de noir et fleuries de tulipes blanches. Flûtes à champagne, verres à

---

5 Île de Rotterdam sur la Nieuwe Maas (Nouvelle Meuse), rivière qui forme un large estuaire sur le delta du Rhin.

bourgogne et à whisky sur des plateaux d'argent. Pas plus de soixante personnes, épouses comprises.

La cérémonie du baptême peut commencer. Longue et belle vie à City Fish !

10 SEPTEMBRE 2012

Une fois de plus le président Reynaud s'était fait excuser. Et il n'avait pas tort. Les festivités avaient lieu ce jour-là à Courtrije[6] sans les huiles, donc sans décorum. Pierre-Marie Gilbert assisterait à la réception précédant l'inauguration proprement dite du premier magasin City Fish. Il échapperait naturellement à l'ouverture officielle de la boutique, réservée aux seuls élus locaux, aux responsables d'enseignes et au directeur général de City Fish Belgique – plus quelques futurs clients triés sur le volet.

L'établissement au design ultra-moderne, situé au cœur de la ville commerçante, représentait le premier maillon d'une longue chaîne européenne. Un seul et même pavillon, une seule et même enseigne de la Baltique au détroit de Gibraltar : un port, une ville… Un concept simple, celui du circuit le plus court entre le bateau d'une même flottille de pêche et le cabas des ménagères.

Avec pour seul public les poissons et crustacés des aquariums géants qui couvrent les murs, Pierre-Marie Gilbert, son alter ego de la banque anversoise, les directeurs généraux européens, une trentaine de futurs directeurs de magasin et une petite délégation venue d'Asie, en l'absence des journalistes et des élus locaux, le président de City Fish entame son discours.

« Mesdames et messieurs, je ne vais pas y aller par quatre chemins – entre nous pas besoin de prendre des gants –, ce nouveau concept de vente en circuit ultra-court est une véritable révolution.

6 Courtrai en français.

« Une révolution pour nos consommateurs, me direz-vous ? Des produits d'une grande fraîcheur, dont on connaît la provenance sans avoir à attendre le sacro-saint marché hebdomadaire, à des prix défiant toute concurrence grâce à la disparition des intermédiaires, etc. À cet effet vous disposez d'un argumentaire en or. Révolution pour le consommateur donc – pourquoi pas ? – mais, surtout, une aubaine pour notre grande entreprise. L'offre d'un produit ultra-frais nous permet – que dis-je ? –, nous contraint à pratiquer la flexibilité des horaires et du temps de travail.

« Donc, en matière de gestion du personnel votre cerise sur le gâteau, c'est la nécessité de faire correspondre les horaires d'ouverture et de fermeture de notre magasin de Courtriej avec les heures de pleine et de basse mer de Zeebrugge. Vous saurez ajouter pour nos amis journalistes qu'ainsi, c'est tout un savoir-faire, une tradition que nos clients vont retrouver dans leur assiette. Monsieur Arquin ici présent vous a concocté quelques beaux éléments de langage sur le sujet. À côté des *Achetez très frais, pas cher et sans intermédiaires / Un point de vente, un port / Chez nous le poisson a une durée de vente inférieure à douze heures /Trois heures de la mer à l'assiette* – enfin, vous voyez le topo –, vous vanterez donc les valeurs du terroir, la beauté du métier de marin-pêcheur – et j'en passe. Ajoutez à ça que vous allez être considérés par les politiques et les décisionnaires locaux comme les responsables de la création de… – combien déjà M. Andries ? – … quinze à vingt emplois pour constituer vos équipes de vente, manutention, nettoyage et restauration.

« N'oublions pas la restauration ! Elle sera rapide, certes, mais de qualité – à moi aussi, on a préparé quelques éléments de langage : les traditions culinaires de nos régions seront respectées. Ainsi devra-t-on servir l'éclade de l'île d'Oléron à Angoulême et non pas dans votre établissement de Courtriej, chère Madame.

« De notre côté, nous nous sommes engagés à vous livrer un produit irréprochable à moindre coût grâce à un mode de conditionnement révolutionnaire et à une distribution très réactive, car ajustable – il vous appartiendra simplement de bien anticiper vos commandes, tout en sachant que vos invendus du jour resteront suffisamment frais pour être cédés à bon prix aux cantines scolaires, maisons de retraite et autres cuisines de collectivité. Mais nous sommes également en mesure de vous faire bénéficier de conditions financières d'exception pour vos enseignes franchisées grâce à notre propre politique d'ancrage économique dans des ports de moindre importance. Leurs municipalités – parfois avec le concours des régions – nous ont d'ailleurs déroulé le tapis rouge.

« Bref, avec tout ça, mesdames et messieurs les directeurs, pas de place pour l'échec. Quant à vous, chère Madame Peeters, vous avez été choisie pour votre expérience et votre expertise, ce qui nous rend confiants. Vous n'êtes pas sans savoir qu'une soixantaine d'établissements semblables au vôtre ouvriront leurs portes dans les mois à venir. Donc, nous suivrons tous avec intérêt vos premiers pas. Vous êtes notre poisson pilote. »

Quelle soupe, pensa Pierre-Marie Gilbert ! Décidément, il est plus confortable de faire de la finance dans les salons de l'avenue Pierre-Ier-de-Serbie.

NUIT DU SAMEDI 22 AU DIMANCHE 23 OCTOBRE 2012

C'était une nuit sans lune, une nuit d'octobre froide, à ne pas laisser un chien dehors. L'alignement des bâtiments formait une masse trop confuse pour le disputer à la nuit, mal dessinés dans la faible lumière des réverbères. Et le port tout entier se noyait dans la brume qui avait recouvert les bassins dès la fin du jour, s'était chargée de pluie, cette pluie fine et pénétrante qui pour les marins de Hollebourg augurait le défilé des mauvais jours.

Au-delà des eaux dormantes de l'arrière-port et de ses bassins, le quai des Chaluts et le quai du Ras pointaient vers le large, luisants de ce mélange d'eau, d'huile et de gas-oil comme une fine couche de vernis. Au bout, protégé des tempêtes par le môle des Sablons, on devinait le port des plaisanciers plongé dans les ténèbres.

À l'angle de la maison-phare de l'éclusier, dans son faible halo de lumière, un court instant un homme était apparu, portant un sac sur le dos. Puis il avait longé le canal vers les anciens hangars à bateaux, en direction du cimetière des Manchots, bientôt happé par la nuit. Une porte grinçait sur ses gonds, mais l'homme ne semblait pas y prêter attention. Sa silhouette s'effaçait un moment dans le noir profond, réapparaissait au gré des rares lumières du quai, puis se perdait encore.

L'homme s'arrêta enfin devant le portail en tôle du dernier bâtiment, juste avant que ne s'ouvre le bassin à flot de l'étrange cimetière où reposaient à la surface des eaux les bateaux au rebut. Il se ménagea un passage étroit en faisant coulisser le portail qui résistait sur son rail rouillé et alluma sa lampe frontale. Le hangar était presque vide.

Un vieux palan à chaîne, quelques éléments de fonte et d'acier ancrés au sol évoquaient le souvenir d'une activité humaine.

L'homme se dirigea calmement, mais sans hésiter, vers le centre du bâtiment. Là, il se mit à genoux, à la verticale du palan, et entreprit de vider le contenu de son sac de toile en disposant avec soin chaque objet devant lui : un exemplaire de *La Presse de la Manche*, roulé, fermé par un élastique, un rectangle de carton, un marqueur, un peu de ficelle de lieuse et un couteau. Il se remit debout et sortit de dessous l'établi une corde de chanvre. Avec la précision d'un ramendeur, il réalisa un nœud coulant dont il vérifia à la fois le bon fonctionnement et la solidité.

Dans quelques minutes il prendrait soin d'éteindre sa lampe frontale.

DIMANCHE 23 OCTOBRE

Le lendemain matin, comme tous les dimanches que Dieu fait, à huit heures pétantes, le vieux Léon Toutain, gardien suppléant des zones portuaires affecté week-end et jours fériés à la surveillance du cimetière marin, passa devant la maison de l'éclusier. Il s'y arrêta et alluma la moitié d'une cigarette sans filtre. Adossé au mur de la maison, il en savoura la première bouffée. Maigrichon, le visage strié de rides, les bras trop longs, on aurait dit un arbre sec. Ses yeux d'un bleu très clair lui donnaient bien figure humaine, mais tout cela manquait de chair.

En regardant autour de lui, il s'aperçut que les réverbères étaient restés allumés – les Sablons, les jetées, l'arrière-port, le port, celui des plaisantins. Léon, plus butté qu'une bleue de la Manche[7], disait son fils, n'aimait pas trop les plaisanciers. Le canal et le cimetière, quant à eux, n'avaient jamais bénéficié des largesses de la mairie. Tout en maugréant, il reconstituait pas à pas le paysage sonore de ces matins brumeux. Depuis la veille au soir la ville était parcourue de plaintes sinistres et familières. Il était tellement habitué à la corne de brume, la dernière de la côte orientale, qu'il avait finie par l'oublier. Et c'était bien la bouée sifflante du Hola qu'il entendait au large des Sablons. Si les lumières restaient allumées, c'était à cause d'elle, la brousse[8]. Qui de la Toussaint aux Rameaux prenait ses quartiers d'hiver. L'hiver, il fallait bien s'en accommoder.

---

7 Pomme de terre du Cotentin.

8 Terme de patois normand signifiant « brouillard ».

Léon Toutain enfouit les mains dans les poches de son caban et reprit son chemin vers le cimetière des Manchots. Les anciens l'avaient baptisé ainsi parce que dans cet immense bassin à flot les chalutiers épuisés d'avoir trop cogné, tangué, roulé, à bout de souffle, avec leurs perches rouillées privées de chaluts ressemblaient à ces sortes d'oiseaux sans ailes qui s'amassaient sur la banquise. Et puis *Manchots* pour les gens du pays, cela sonnait bien. À Hollebourg les marins avaient toujours su respecter leurs bateaux. Avec le développement de la pêche côtière dans les années cinquante les petits ateliers de réparation avaient vu le jour, puis de véritables garages à bateaux. Et on venait de loin pour faire réparer. Il avait fallu dès le début des années soixante réorganiser l'arrière-port. Un premier, un deuxième et très vite un troisième bassin à flot avaient été créés.

Léon se souvenait qu'en 1963 – Léan, c'était son vrai prénom, avait seize ans et arrivait de l'Ouest, de La Hague, avec la harée[9] – il avait assisté le jour de la Saint André à l'inauguration du cimetière où désormais reposaient toutes ces vieilles carcasses. Ce jour-là, fin novembre, il faisait à peu près le même temps qu'aujourd'hui. La brouasse ! On avait trimballé André à la proue d'un chalutier flambant neuf sur le canal. Derrière, suivait le cortège des premiers pensionnaires, les tas de rouille et les bois moisis. Nous autres, on glissait sur le pavé tout neuf qui brillait comme un miroir de bordel. Sur les bords du canal, de la maison rouge de l'éclusier jusqu'au grand bassin vide, il y avait un chapelet de hangars de bois goudronné, tristes mais rutilants.

Léon venait d'atteindre le dernier d'entre eux, celui de l'ancien chantier, le Hastain. Par la porte entrouverte, malgré le peu de lumière du jour, il avait vite compris. L'épidémie de mort ! Encore un de nos foutus pêcheurs au bout d'un palan. Un monde à l'envers qui a perdu sa tête.

Ils leur repentiront, avait-il pensé.

---

9 Terme de patois normand désignant une averse passagère mais dense.

~

Deux policiers en uniforme s'étaient placés sous le corps inerte du pendu alors qu'un troisième s'acharnait à libérer la chaîne du palan avec précaution. Ils étaient contraints d'agir comme sur une scène de crime, sans la contaminer. Au cas où…

Un peu plus tard le corps reposait sur une bâche à même le sol, pieds et torse nus. Une pancarte au cou. Difficile de lui donner un âge. Sans doute entre quarante et cinquante ans, musclé mais fatigué, usé.

Le médecin des sapeurs-pompiers n'avait fait que constater le décès et attendait les inspecteurs de la Judiciaire. Il franchit le seuil du hangar dont la porte était désormais grand ouverte et s'approcha du témoin qui se tenait à l'écart du théâtre des opérations. Respectueusement. Léon Toutain ouvrit sa boîte à tabac et d'une seule flamme alluma de son Zippo rouillé deux demi-cigarettes.

Les deux hommes fumaient sans un mot, la brume persistait. Une sirène lancinante se mêla au chant sinistre de la corne. Puis le bruit d'un moteur. À l'autre bout du canal, plus en amont, une lueur augmentait et colorait l'épais brouillard. Les deux hommes fixaient l'écluse sans la voir, happés par cette étrange clarté. Les feux bleus et jaunes d'un véhicule de police finirent par déchirer la brousse.

Léon s'étonna de voir une petite Chinoise sortir de la voiture, côté conducteur qui plus est. L'autre, qui avait l'air de se prendre pour un flic, ressemblait un peu plus… à un flic. En apercevant Léon qui s'approchait de la voiture, le beau gosse lui lança, sans même un regard :

— Vous êtes le témoin… ? Ne bougez pas.

— Connards de flics, grommela Léon.

Les inspecteurs rejoignirent le hangar, puis franchirent le ruban pour entrer dans le cercle. C'était le premier week-end de permanence pour Ly Lan, jeune lieutenant stagiaire. Son premier mort aussi.

Le lieutenant Coulon mit un genou à terre.

— Oh merde, ça m'a l'air bien compliqué ! Sous le palan on avait disposé à même le sol un exemplaire de la *Presse de la Manche* dont un article était cerclé de noir, sur lequel étaient couchés côte à côte un poisson et sa tête, et plus loin un couteau.

— Tu parles d'une mise en scène, commenta Ly Lan. C'est tordu, non ?

— Respect du mort, la Fleur, premier principe. Respect. Regarde plutôt si tu trouves un sac. Il n'est pas arrivé dans cette tenue, notre client. Il doit bien y avoir des vêtements et avec un peu de chance ses papiers. Mais surtout prends des gants et fais gaffe aux empreintes. Quoique…

— On ne prévient pas la capitaine ?

— Moi je finis le boulot et je me charge du témoin et du toubib. Appelle-la, toi, si tu veux. Maintenant je t'avertis, tu vas te faire bouger. Neuf heures du matin un dimanche… la veille de ses congés… !

À l'écart, couché sur le polyane, reposait le corps du pendu. La corde et la pancarte toujours autour du cou. Le visage grave.

~

À l'heure du petit déjeuner dominical chez les Mattinen, Loviïsa[10], petite fille de quatre ans, descendait dans les bras de son père l'escalier situé au centre de la grande pièce qui occupait à elle seule le rez-de-chaussée de la maison. Pekka installa sa fille à table, face à la mer. Il prépara pour elle un verre de lait, un bol de fruits, quelques lamelles de fromage et, concession faite à son autre Louise, une tartine beurrée. Pekka était finlandais. Sa maison était lumineuse.

Elle datait des années soixante-dix. Une époque où l'on était moins tatillon sur les plans d'occupation des sols, moins pointilleux pour l'attribution des permis de construire. La maison était très ordinaire,

---

10 Louise en finnois.

mais sa situation hors du commun. Seul, fiché dans le sable, ce gros cube blanc avançait vers la mer. Là, Pekka et Louise avaient rêvé de vivre. Quand la bâtisse fut mise en vente malgré ses fondations jugées précaires et une menace de destruction administrative, ils avaient pu l'acheter, sans réfléchir, pour presque rien. Le temps avait passé et l'on ne parlait plus de démolition. Pekka avait doublé les murs de la grande pièce avec de larges planches de sapin du nord, posé un plancher et débarrassé portes et fenêtres de toute entrave à la lumière. Et, surtout, il avait passé des couches et des couches de blanc. La « maison Mattinen » pouvait vivre sa vie, avec ou contre les éléments. Alors peu importait la lutte contre l'humidité et les moisissures, le flux et le reflux du sable. Et si assaillie par la dune la maison donnait l'impression de courir au naufrage, c'était à l'intérieur que son charme s'exprimait.

À l'étage, deux grandes chambres et une salle de bains, toujours face à la mer. À l'entresol, enfouie dans le sable, la caverne de Pekka où il remisait son kayak de mer, un vieux dériveur, une barque remplie de matériel de pêche, des outils, un râtelier à javelots et son grill à saumons.

Aujourd'hui la brousse empêcherait le soleil de révéler la mer. Pekka consacrerait la matinée à la construction du hangar à bateaux sur un petit tertre situé à la lisière d'un bosquet de tamaris et d'argousiers. Il appliquerait avec Lovi le goudron de Norvège sur les bardages de bois.

Depuis peu, Pekka Mattinen, ancien champion de Finlande du lancer de javelot, avait abandonné ses obligations sportives du week-end pour se consacrer au bonheur de ses Louise, ne s'occupant plus que d'une poignée de jeunes lanceurs le mercredi après-midi pour continuer à émarger à la FFA[11]. Il restait toutefois correspondant

11 Fédération française d'athlétisme.

référencé de la LPO[12] pour laquelle il faisait d'assez bonnes photos pendant les migrations.

C'était un homme qui vivait de peu. L'eau, la terre – et encore lui préférait-il le sable –, l'air et le feu animaient son monde dans lequel évoluaient pêle-mêle Louise, Lovi, les javelots, des bateaux et les saumons. De même il parlait peu. Il pouvait certes expliquer la vibration ondulatoire d'un javelot fendant l'air en trajectoire ascendante ou bien traduire les cancanements d'une bernache cravant au creux d'une vasière, mais pas beaucoup plus.

Loviïsa avait adopté le mode de communication paternel avec tous ceux qui ne constituaient pas son premier cercle. Elle empruntait d'ailleurs beaucoup à son père et puisait dans ses récits du *Kalevala*[13] la matière de ses rêves et de ses visions. Elle identifiait volontiers son père à Väinämöinen (qu'elle prononçait à sa façon « Vamonen ») et imaginait son héros pourchassant les ennemis du clan Mattinen, les transperçant à grands coups de javelot. Sa mère aussi avait besoin d'être protégée. Elle vivait dans un monde où elle chassait les monstres.

~

Louise rentra de fort méchante humeur. Elle ne dirait pas un mot avant d'avoir bu son premier café. Il lui fallait changer de monde, se débarrasser du corps du pendu. Mais Lovi l'attendait. Heureusement Pekka avait tenu le café au chaud.

---

12 Ligue pour la protection des oiseaux.

13 Écrit au XIXe siècle, le *Kalevala*, épopée finlandaise de vingt mille vers, texte fondateur de la nation, est l'œuvre de Elias Lönnrot. La lutte pour le Sampo, objet à la fois familier et inaccessible, capable d'apporter bonheur et prospérité, est au centre de ce long poème. À côté, entre autres, de Limmenkaïnen le guerrier ou de Louhi (personnage féminin se transformant en aigle pour récupérer le Sampo) qui règne sur le Pohjola (le pays du nord ennemi du pays du Kalevala), Vaïnamoïnen est le héros principal, à la fois barde et magicien, mais également capable de bravoure.

— Dis Mutsi[14], pourquoi es-tu partie ce matin ?

— Tu sais que Louhi se cache encore et que je dois le chercher partout, parfois très loin de la maison. C'est le travail de maman. Mais ici tu n'as rien à craindre puisque papa te protège.

— Et toi, Mutsi, c'est Papapekka qui te protège ?

Louise se mesurait chaque jour à la noirceur du monde. Certes elle aimait son métier, le pratiquait sans peur et avec conviction, mais il lui fallait passer et repasser par la case Mattinen pour faire provision d'énergie et de sérénité. Et là elle s'en remettait à Pekka qu'elle se représentait tour à tour en dieu Lare ou en petite fée de la maison, une petite fée d'un mètre quatre-vingt-dix-huit et de cent dix kilos.

Venu participer à un meeting d'athlétisme dans la région en qualité d'entraîneur des javélistes finlandais, il avait rencontré Louise dès son arrivée, chacun courant sur la plage, lui par plaisir, elle par nécessité. Dès ses premières vacances, il était revenu. Puis à la moindre occasion. Un an plus tard ils se mariaient à la mairie, un policier et le chargé des sports de la ville pour seuls témoins. Ensembles – Pekka y tenait –, ils avaient mis au monde une petite fille. Louise qui manquait gravement d'imagination l'aurait bien appelée Louisette. Pekka avait proposé Loviïsa.

— C'était lugubre, Pekka. Un type dans la force de l'âge qui choisit ce hangar misérable pour se foutre en l'air. Et ce poisson décapité…

— Trois, déjà ? Il s'était assis près d'elle, mais son regard restait tendu vers la mer.

La figure carrée, dure, tannée par le soleil et le vent, le cheveu court, délavé, presque blanc, il était beau. Ses yeux rieurs et la force, la puissance, qui émanait de son visage la rassuraient.

— C'est comme un virus qu'ils se transmettent… Car c'est un martin-pêcheur, pas de doute. Un, le décor ; deux, le poisson ; trois, l'article.

14 Maman, en finnois.

Mais, ignorant le lapsus, Pekka venait de lâcher prise en prétextant une partie de cerf-volant avec Lovi sur la plage. Louise ne s'en offusquait pas, elle lui connaissait cette façon brutale qu'il avait de rompre les échanges, de filer. S'il l'écoutait toujours – avec application, même –, elle savait que c'était plus par attention pour elle que par intérêt pour les affaires criminelles. Bien vu le coup du cerf-volant. Mais avec cette brousse, ce n'était pas aujourd'hui qu'ils verraient dans le ciel les couleurs de la Finlande.

Louise voulut lui sourire, mais il était déjà sur le pas de la porte.

Seule, elle prolongea le petit-déjeuner devant un deuxième bol de café. Elle songeait au pendu, à ce que représente le suicide, à cette issue fatale, à cette ultime révolte. Elle ruminait sur le sort réservé aux gens sans horizon, sans lendemain. Car, elle en était convaincue, c'étaient les contraintes matérielles qui avaient poussé ce type à cette extrémité. Un autre marin-pêcheur truffé de dettes. Elle repensa à son père, soudeur au chantier naval, docile et appliqué, mort trop tôt d'une maladie pulmonaire. Une mort d'ouvrier. Les gens comme lui ne se suicident pas. On leur fait la peau petit à petit en leur chevillant au corps le poids de la fatalité et la nécessité de la résignation. Pourtant il en aurait eu des raisons de s'apitoyer sur son sort, de se foutre en l'air. Ce n'était pas sa mère, employée modèle des douanes maritimes, aide-comptable méticuleuse, qui lui aurait donné le goût de la révolte avec sa manie de se plier en quatre pour lui, pour eux. Sans l'existence de son frère, tous deux auraient fait de leur vie une morne ligne droite. C'est pour cela qu'elle avait pris tant de temps avant de réemprunter les chemins de son enfance et demander sa mutation à Hollebourg.

~

Elle passa un vrai dimanche avec les siens. Contre toute attente le vent s'était levé, le ciel s'était éclairci. Pekka avait pu honorer la promesse faite à leur fille, et Louise avait aidé à hisser haut les couleurs de la Finlande. Aussi, quand le téléphone sonna dans la soirée, dut-elle faire un effort pour réaliser qu'elle avait le commissaire en ligne.

— Louise, je regrette de vous déranger mais je crains qu'il ne faille songer à différer vos congés. Le sous-préfet vient de raccrocher. Le préfet craint l'escalade, il a la conviction qu'à l'annonce de la nouvelle, les syndicats vont bouger. Dans le contexte actuel, ils veulent à tout prix éviter un blocage des ports. Bref, il faut, et ce sont ses propres mots, désamorcer la bombe. Je traduis : si, en fouillant dans la vie de cet homme, nous pouvions lui trouver de bonnes raisons personnelles, il a bien dit *personnelles*, de se suicider – un divorce, un décès, une dépression nerveuse…

— Vous êtes sérieux, Commissaire ? Ça sent la déprime économique, voilà tout. Vous avez lu les premiers rapports qui consignent la scène du suicide ? Le poisson décapité, l'article de journal qui fait allusion au premier suicide… Non ! Entre nous, Commissaire, les autorités ne peuvent pas prendre les gens pour des imbéciles.

— Dans tous les cas, Louise, cela exige votre vigilance. Pour ma part, il me semble important de montrer que nous nous agitons. La presse, Louise, la presse ! Elle est trop friande de détails, il faudrait éviter de lui donner du grain à moudre.

— Clément ferait ça très bien, il peut s'en charger.

— Justement, Louise, il ne s'agit pas d'une affaire de dossiers. Nous allons devoir affronter la presse, et pour cela j'ai absolument besoin de vous. Passez me voir demain dès huit heures trente, nous ferons le point. Réunion à neuf heures. Et je vous dispense de prévenir la brigade, je m'en occupe. Bonne nuit, Louise.

LUNDI 24 OCTOBRE

Avec la nuit le vent était tombé, et la brousse revenue. Il faudrait attendre l'après-midi pour qu'elle lâche prise. Louise roulait prudemment. Elle avait l'habitude.

Au bout de ces trois kilomètres de route le long d'un rivage qu'elle savait proche, le panneau de Hollebourg apparut dans le faisceau de ses feux de croisement. Les nouveaux locaux étaient situés dans la partie haute de la ville, en allant vers la pointe. Un an plus tôt, on y avait construit une cité administrative à l'architecture incertaine avec vue sur le port et, plus au sud, sur la baie. L'hôtel de police en occupait le cœur. Avec vingt bonnes minutes de retard, Louise y fit son entrée.

Après avoir salué son chef de groupe et échangé quelques mots avec elle, le commissaire Hervé Récostière rejoignit l'ensemble de la brigade. Louise s'asseyait toujours au milieu de son équipe, face à l'estrade, dans cette salle trop vaste qui convenait mieux aux conférences de presse qu'à ces réunions plus ou moins formelles.

— Je vous ai tous réuni ce matin, y compris votre capitaine, parce que nous ne pouvons dans le contexte actuel nous permettre la moindre erreur, la plus petite négligence. Vous aurez remarqué que nous en sommes au troisième mort par pendaison. Nous devions logiquement nous attendre à ce que les autorités nous mettent la pression. Pour l'instant ce qui les préoccupe, c'est tout naturellement, dans le contexte économique régional, le risque de troubles à l'ordre public. Là n'est pas notre priorité, mais nous avons l'occasion de réaliser notre vrai travail de police sur les victimes précédentes

– profil, environnement, et cætera. Je veux être sûr que rien ne nous échappe, que rien ne se cache là-dessous.

Et s'adressant à Louise :

— Capitaine, vous convoquez une conférence de presse en fin d'après-midi…

— Pas possible, Commissaire, il nous faut un peu de temps. Plutôt demain matin, en fin de matinée, même.

— Qu'est-ce que je te disais, glissa Bastien Coulon à l'oreille de Ly Lan, elle a horreur de se lever trop tôt. C'est tout bénef tu me diras, on ne sera pas obligé de se cogner sa mauvaise humeur.

— C'est vous qui décidez, Capitaine. Mais j'espère que demain, à la mi-journée, nous aurons matière à rassurer la préfecture.

Et le commissaire quitta la salle de réunion. Petit, malingre, une fois de plus avec ses yeux pers, il leur avait donné l'impression de venir d'un autre monde.

~

Louise aimait leur bureau. Pour une fois ces foutus architectes avaient bien fait les choses. La pièce était spacieuse, bien exposée à la lumière. Chacun y avait fait son coin, elle la première, près de la fenêtre, à l'opposé de son plus proche collaborateur.

Capitaine comme Louise, à-peu-près du même âge, Clément Bachelet, surnommé le Vieux par les nouveaux venus, n'avait pas de rivaux pour analyser les éléments d'une scène de crime ou révéler la psychologie d'un meurtrier. Et cela lui suffisait. Homme de procédures et juriste pointu, il détestait les responsabilités. Le Vieux disposait d'un double bureau pour ses piles de dossiers auxquels il faisait rendre tout leur jus. De son passage à la Criminelle il avait conservé la crainte du terrain qu'il confessait sans états d'âme et une jambe raide qu'il gardait près du radiateur.

Bachelet était déjà en poste à l'arrivée de Louise mais avait volontiers passé son tour quand il s'était agi de désigner un nouveau chef de groupe. Lui, s'occuperait de *la maison*. Ainsi depuis cinq ans travaillaient-ils en bonne intelligence.

— Qu'est-ce qu'il a voulu dire, Robespierre, avec son « rien ne se cache là-dessous » ? demanda Yann Le Guen. Quelque chose m'a échappé ? Il y a crabe sous pierre ?

— Ce n'est pas impossible, répondit Bachelet. Si les deux premiers suicides sont avérés, au troisième nous avons le devoir de reconsidérer la question.

Louise reprit les commandes :

— C'est aussi mon avis. Maintenant on enchaîne. Un, les faits ; deux, l'analyse.

— À toi l'honneur, la Fleur !

C'est ainsi que, encouragée par Bastien, Ly Lan avait lu son premier rapport de police. Puis Louise avait invité Bachelet à commenter la scène de suicide.

— Ce que je retiens en premier c'est la quasi-nudité de la victime, cela nous parle de dénuement. Son propre dénuement ? Ou celui de la profession ? Ensuite, la disposition des objets est méticuleuse, ordonnée. J'en veux pour preuve la paire de chaussures et les vêtements pliés soigneusement à l'écart. Sous le palan, un poisson, un couteau, un journal. Le poisson, et conséquemment le couteau. Un poisson ? N'importe quel poisson ? Et pourquoi décapité ? Quant au couteau, n'a-t-il servi qu'à couper la tête du poisson ? Le carton ? La corde ? Dans quel ordre ? Ou bien n'a-t-il servi à rien… ? Et s'il n'a servi à rien, que signifie-t-il ? Pour finir, le journal. Un entrefilet sur le premier suicide, cerclé de noir. Pourquoi spécifiquement la *Presse de la Manche* quand on en a parlé dans tous nos régionaux ? Je dois dire que vous avez fait du bon boulot parce que chaque détail de cette mise en scène a son importance, et il ne fallait surtout pas passer à côté. Quant à cette fichue pancarte…

— Excusez-moi, mais… Pourquoi tout à coup « cette fichue pancarte » ? Pourquoi pas un fichu couteau ou un fichu journal ?

— Parce que, Petite Fleur… Parce que de tous ces éléments c'est le plus troublant. D'abord ce numéro. Il faudra bien sûr vérifier sur quel type de registre il figure. Mais, au regard de la sentence et vu la mise en scène, je vous parie qu'il s'agit de son propre matricule de marin-pêcheur. Et puis le choix des mots… « Pas de miséricorde. » Pas de pardon. Mais pour qui ? Pour lui-même qui se punit en se tuant ? Pour quelqu'un d'autre qui lui a fait du tort ? Un tel tort qu'il en est réduit au suicide ? Et ces mots, si durs, les a-t-il écrits lui-même ?

— En deux mots, ta première impression, intervint Louise.

— Réfléchi et symbolique. Mais permets-moi d'en ajouter un troisième : emmerdant !

— Explique-toi.

— On a choisi avec beaucoup de soin un lieu, des objets… On a réfléchi et travaillé la mise en scène. On a veillé à la charge symbolique de ces objets, je devrais dire des accessoires… On a volontairement théâtralisé.

— Pourquoi « on » ?

— Parce que si nous nous interrogeons, nous sommes obligés d'envisager toutes les hypothèses et, notamment, celle du meurtre.

— Qu'est-ce que tu fais du rapport du légiste qui conclut au suicide ?

— Et toi, qu'est-ce que tu fais du crime parfait ? Quand bien même il s'agirait d'un suicide, ce qui pose problème à la préfecture, c'est le sens qu'il lui donne. Ce qu'il veut nous dire et nous faire dire. Ce qu'il veut que l'on sache et que l'on fasse savoir.

— C'est la position de Robespierre[15]. Si nous laissons filer l'information brute, sans fard, ce sera la presse qui la travaillera. Et sans précaution. Du coup, il n'est plus difficile de deviner ce qu'ils veulent là-haut. Une info bien peignée, sans aller jusqu'à sortir du chapeau un homme aux abois ou un divorcé de la veille et,

---

15 Nom donné par lapsus de Louise au commissaire Récostière dès les premiers jours de leur collaboration et adopté par toute la brigade.

bien entendu, sans trop maquiller la vérité. Bref, on nous demande d'éviter l'épidémie en jouant les pompiers de service. Donc un, on réunit tout le matériel dès ce soir – photos, premiers témoignages, renseignements sur la victime, etc. Deux, demain matin à la première heure on se retrouve ici et on épluche tout. D'ici là, Sarah, tu prends Ly Lan avec toi et vous identifiez la victime, cernez le personnage, sa famille, son boulot… Ly Lan, tu nous ajouteras un bref topo sur la situation de la pêche pour que l'on sache de quoi on parle. Yann et Coulon, vous allez vous repencher sur les deux premiers suicides. Vous fournirez à Clément les matériaux pour qu'il s'occupe de leur profil. En attendant, Capitaine, tu peux déjà comparer tes scènes de suicides. Voilà, j'en ai fini. Demain, huit heures trente.

Louise avait soigneusement évité de déranger le commissaire qui s'était enfermé dans son bureau. Elle aurait obtenu sans peine son accord pour filer à l'anglaise – après tout elle était encore officiellement en vacances. Il avait pour elle des attentions paternelles, même s'il s'imposait une certaine réserve. Toujours vent debout avec sa fille de vingt ans qui courait le monde sans un sou en poche, avec son garçon qui refusait de quitter sa chambre et une épouse qui se prenait pour la sous-préfète, discrètement il avait établi avec Louise un lien privilégié. Elle était abonnée aux vieux bonshommes. Déjà quand elle était arrivée à Montvilins[16] et qu'elle s'appelait encore Teissier, le commissaire Lachaume qui lui avait appris le métier allait prendre sa retraite. À cinquante-neuf ans Récostière s'apprêtait à faire de même. Cet ancien de la brigade financière lui avait inculqué pour sa part la rigueur et ce qu'il faut d'intransigeance. Depuis qu'il l'avait choisie comme chef de groupe, cet incorruptible protégeait Louise de la hiérarchie et lui laissait occuper le terrain. Finalement, dans les dix ans de sa courte carrière, seul son passage à la BRB[17] d'Orléans, pour lequel elle s'était pourtant battue, lui avait laissé un goût amer.

---

16 Voir *La Voie du sang*, aux Éditions Delatour.

17 Brigade de répression du banditisme.

Assaillie par son passé, elle s'était trop impliquée, trop exposée. Elle avait ensuite eu la sagesse de renoncer à la Brigade criminelle qui lui tendait les bras et, à trente-six ans, elle ne regrettait pas son choix. Cette affectation plus modeste, ce retour nécessaire au bercail. Cinq ans déjà qu'elle vivait sur le rivage normand.

~

C'était le début des grandes marées d'équinoxe, et cet après-midi la famille Mattinen au complet soulèverait les pierres pour débusquer les crabes.

MARDI 25 OCTOBRE

Une fois n'est pas coutume, Louise était arrivée ce matin à huit heures sur les pas du commissaire qui préférait prendre son petit-déjeuner à l'hôtel de police plutôt que chez lui, bien que son épouse ne se levât jamais avant midi. Elle l'avait salué et lui avait donné rendez-vous après sa réunion d'équipe pour préparer la conférence de presse.

Elle travaillait à son bureau devant la fenêtre qu'elle avait laissée grand ouverte. Elle avait en horreur l'odeur du renfermé. Louise aperçut d'abord la voiture de Yann, puis Sarah qui arrivait à pied. Elle s'en était amusée, ces deux-là mentaient mal. À vrai dire, leur liaison n'était pas régulière. Sans risque ni engagement. Zyeux bleus[18], c'est ainsi que l'appelait Sarah, vivait en célibataire endurci depuis qu'il avait eu deux garçons de deux mères différentes. Une Bretonne et une Nantaise, plutôt dures avec lui. Les enfants, eux, étaient restés à Morlaix, avec le grand-père paternel. Quant à Sarah, avec les hommes elle aurait bu la mer et ses poissons. Elle était insatiable.

~

Clément, le dernier arrivé dans la salle des inspecteurs, aurait dû être de corvée de café. Sa patte folle l'en dispensait, et Louise, comme par hasard, avait désigné Coulon qui déposa d'assez mauvaise

18 Titre et personnage d'un roman policier de Jerome Charyn.

grâce thermos et mugs sur la table de réunion. C'était le boulot de la stagiaire, après tout.

— On commence par Yann. À toi les deux premiers pendus.

— Dans la nuit du samedi 15 au dimanche 16 octobre, Eugène Lacroix, quarante-deux ans, patron pêcheur propriétaire de son bateau depuis quatre ans, domicilié 8 impasse des Coquets à Hollebourg, s'est donné la mort par pendaison dans le hangar numéro trois du quai des Chaluts. Son corps n'a été retrouvé que le surlendemain par un de ses matelots, Michel André. J'ai son pedigree et son témoignage sous le coude. Bastien l'a réentendu, rien n'a bougé. On a laissé la scène de suicide à Clément.

— Et le pedigree de la victime? Coulon profita de l'interruption de Louise pour prendre la parole:

— Mousse à quinze ans, capitaine à trente chez un armateur et finalement à son compte grâce à son patron. À l'époque, Bertrand Pacquerault, aujourd'hui âgé de soixante-neuf ans, l'a encouragé à acheter un de ses bateaux. Marié, deux enfants. Sa femme est caissière d'hypermarché à temps partiel. Peu ou pas de famille dans la région. Relativement endetté. Ils n'avaient plus que deux ans à se serrer la ceinture pour le bateau et la maison. Par contre, il reste trois crédits revolving en cours pour onze mille euros au total. Endettement d'à-peu-près soixante pour cent. Le couple paraissait sans histoires, et la famille ne comprend pas. Elle n'a pas remarqué de changement d'humeur. Pourtant ces derniers temps, d'après son équipage, il était devenu irritable. Pacquerault a même parlé d'un homme dont l'impulsivité avait tendance à prendre le pas sur son sens des responsabilités. Mais un bon gars et un bon marin, ce sont ses termes.

— Bon, le deuxième…

— Pour lui on a moins de matière, mais ça paraît plus simple.

— Épargne-nous tes conclusions et restes-en aux faits, le coupa Louise qui savait être injuste.

Coulon se renfrogna, il aurait volontiers transmis le relais, mais Yann Le Guen observait fort à propos une mouche au plafond. Il reprit, contraint et forcé :

— Henri Bonnet, donc. Retrouvé pendu sur un chantier le 19 octobre au matin. Cinquante-quatre ans, patron pêcheur depuis vingt-cinq ans, même équipage depuis très longtemps. L'homme a accumulé les malheurs. Femme, fils, maîtresse, tous morts et enterrés. D'évidence, c'était un grand, un très grand dépressif. Un homme très seul. Deux membres de son équipage ont assuré que c'était le prototype du malchanceux. En revanche pas vraiment de soucis financiers et plus d'emprunts. Au final, un brave type qui ces dernières années était arrivé au bout de la route.

— Ça, on en jugera plus tard… À vous, les filles, le troisième…

— Nous l'avons identifié, Capitaine.

C'est Ly Lan qui avait pris la parole. Ce premier rapport d'enquête, elle le voulait. Et pour Sarah Atlani l'affaire était entendue. La Fleur pouvait continuer :

— Robert Mazoué, quarante-neuf ans, patron pêcheur…

— Christ, s'exclama Le Guen, encore un Breton !

— … Ancien syndicaliste qui a perdu le feu sacré. D'après son équipage, il ne s'est jamais remis de la disparition d'un apprenti l'année dernière à cause d'un coup de mer. Il se sentait responsable. Devenu trop prudent, il a fait une très mauvaise année, au point de partager avec ses hommes la part d'armateur qui lui revenait. Divorcé, sans enfant, il menait une existence de vieux garçon…

— Sauf exceptions du dimanche, précisa Sarah.

— … Peu d'éléments sur ces dernières semaines. Il vivait en reclus. Son équipage dit de lui que c'était un bon patron, mais taciturne, amer, revenu de tout. Financièrement, il faut savoir que l'Océane de crédit l'a lâché la semaine dernière.

— Très bien, Petite Fleur, conclut Clément.

Il était le seul dans la brigade qui pouvait s'autoriser cette interprétation affectueuse du Ly Lan[19] vietnamien. Elle eut un sourire pour le remercier et, au moment où Louise allait intervenir, il enchaîna :

— D'abord les points communs aux trois scènes… Il n'y en a qu'un : la corde. J'écarte le deuxième suicide pour lequel nous n'avons rien de spécial. Ni torse ni pieds nus, un lieu insignifiant, certes dans le périmètre du port, mais n'importe où pourvu que la structure soit capable de supporter le corps d'un homme. Le reste est à l'avenant. La veste à terre, l'absence de message, de symbole. Pas de recherche, la scène est désespérément vide et exprime la seule volonté d'en finir au plus vite. Contrairement à la deux, la une, et surtout la trois sont beaucoup plus intéressantes. D'ailleurs, la référence de la numéro trois à l'article du journal établit définitivement le lien entre elles. Le premier suicide n'est pas brillamment orchestré et la charge symbolique est plus faible, alors que le troisième est précis et scénographié, ce qui a d'ailleurs sauté aux yeux de Petite Fleur et de Bastien. Dans le premier, cela reste sommaire, y compris le choix du poisson. En revanche, ce qui reste frappant dans le un comme dans le trois, c'est la réflexion qui précède l'acte. Les deux victimes sont torse nu, mais seul le troisième est pieds nus, ce qui n'est pas dénué de sens. Objectivement, c'est une marque d'humilité. Concernant la pancarte retrouvée autour du cou de ces deux pendus, nous avons en commun le carton, les dimensions équivalentes, à-peu-près le même type d'attache, l'écriture au marqueur noir, un texte identique et un numéro – différent. Mais tout est beaucoup plus soigné dans le trois. Le plus important, c'est le poisson. Lacroix a choisi le premier venu, une merluche, autrement dit un colin ou lieu jaune…

— Un lieu commun… en quelque sorte, murmura Yann qui ne renonçait jamais à un bon mot.

---

19 Sorte d'orchidée verte, fleur très précieuse.

— …Tout ce qu'il y a de plus commun dans nos filets. Contrairement à Lacroix, Mazoué est un perfectionniste. Ce poisson étrange qui vous a tous impressionné est une orphie, o. r. p. h. i. e., autrement dit une aiguille de mer. Chez nous on l'écrit sans e. L'origine même du nom est viking. C'est un poisson très rare en cette saison et ce choix ne peut être anodin. En faisant allusion à la rareté du poisson, peut-être a-t-il voulu mettre l'accent sur les difficultés de la profession. Et si Lacroix se contente de nous signifier que la pêche est son métier, qu'il est difficile à exercer et qu'on peut éventuellement se foutre en l'air à cause de lui, Mazoué, lui, avec son orphie décapitée, nous en dit beaucoup plus. Outre le choix de l'aiguille de mer, cette orphie si précieuse, il a laissé là le couteau, c'est-à-dire l'instrument, nous obligeant ainsi à nous poser des questions. Qui tient le couteau ? Qui coupe la tête du poisson ? Du pêcheur ? Comme s'il voulait nous pousser à pointer les responsabilités. On en revient au contexte. Bref, le mobile paraît clairement économique, n'en déplaise à monsieur le Préfet. Ce n'est peut-être pas le seul déclencheur, mais on n'organise pas une telle scène sans avoir un message à délivrer. Encore une fois la référence au premier suicide souligne bien la souffrance de la profession, et le choix du journal, la *Presse de la Manche*, nous confirme qu'il s'agit d'un problème bien localisé, d'un mal régional. En atteste son nom.

Clément marqua un temps. Louise ne l'avait pas quitté des yeux, elle s'était accrochée à ses explications. Le Vieux était précieux avec ses analyses, même si, parfois, elle aurait souhaité l'arracher à ses charentaises.

— J'en reviens à la pancarte, au choix du mot « miséricorde », reprit Bachelet. On aurait pu attendre de la part d'un homme qui s'apprête à passer à l'acte celui du mot « pitié », en ce qu'il signifie *On*, avec un O majuscule, n'a pas eu pitié de moi, *On* m'a poussé, la société m'a poussé au suicide, etc. L'emploi du mot « miséricorde » est plus dérangeant, il renvoie à la notion de pardon, donc très précisément à la faute que cet homme a pu commettre.

— Ça ressemble à une punition, non ?

— Uniquement si l'on est en présence d'un suicidé. Plutôt une autopunition, Petite Fleur, si l'on s'en tient au suicide. Surtout que dans le cas présent on est peut-être au-delà de la faute. Dans la sphère du péché. Et dans ce domaine la culpabilité peut devenir insupportable. Alors on se punit car la situation est sans espoir et réclame un châtiment. Classique ! Le problème est qu'il y a deux pancartes. Ou ils ont tous les deux commis une même faute, et cela devient hasardeux, ou ils avaient chacun une bonne raison de crier leur renoncement à toute miséricorde.

Louise pouvait compter sur l'expertise de Bachelet. Complémentaires, les deux capitaines faisaient marcher le groupe sur ses deux jambes.

Le moment était venu d'affronter la presse, ces monteurs de mayonnaise dont elle détestait la propension à faire du sensationnel avec du désespoir et du sordide. Le commissaire Récostière, se méfiant à juste titre du franc-parler de Louise et de sa non-maîtrise de la langue de bois, avait finalement choisi de s'impliquer.

~

Il était dix-sept heures quand *Le Conquérant* dépassa le môle, ralentit l'allure et entra dans l'avant-port. Le rythme infernal imposé par la machine depuis que l'on avait remonté les filets et mis le cap sur Hollebourg s'apaisa. Le chalutier glissait désormais sur des eaux plus sereines, le cœur du bateau et celui des hommes enfin à l'unisson. Dix bonnes minutes de répit avant l'affairement de l'arrivée à quai, le temps de savourer la sensation du travail bien fait.

MERCREDI 26 OCTOBRE

On disait de lui qu'il avait une belle gueule. Grand, élancé, avec les pommettes et le menton saillants, et ses yeux « bleu normand », Guillaume Nigel commandait aux choses de sa vie. Il ne subissait rien. Il planifiait, il organisait. À vingt-huit ans il avait la réputation d'être un patron moderne et plein d'allant. Quatre ans plus tôt il avait succédé à son père, un homme précautionneux, lui-même fils de patron pêcheur. Le bateau bénéficiait d'un accastillage récent et d'un entretien régulier car, de père en fils, l'on respectait l'outil de travail. En outre l'affaire tournait bien grâce à un équipage réduit au minimum et extrêmement performant. Sur les quais de Hollebourg, le patron du *Conquérant* et son équipage étaient respectés, parfois enviés. N'ayant pas eu à contracter d'emprunt pour payer son bateau et bénéficiaire à sa majorité du bas de laine du grand-père et du matelas paternel, Guillaume s'était déjà élevé au-delà de la condition d'un simple patron pêcheur. Les finances étaient bonnes, il songeait donc à poursuivre son ascension. Sa jeune épouse, elle-même fille d'armateur, encourageait ses ambitions. Elle rêvait pour leur fils d'un métier à costume ou d'un uniforme à barrettes.

Il avait également hérité de son père le goût des petits déjeuners consistants. Elle tolérait l'odeur du fromage mais ne supportait pas l'idée du hareng. Il n'empêche que les Nigel avaient dû trouver un terrain d'entente. Ainsi, à table, les harengs étaient-ils servis en terrine fermée et le fromage sous cloche, une jolie cloche en verre que Florence tenait de sa mère. Ce matin ils déjeunaient ensemble, comme toujours quand il n'était pas en mer. *Le Conquérant* ne repartirait que ce soir, à la marée montante.

Chez ses parents, c'est sur le formica de la cuisine que l'on prenait ses repas. Dans cette salle à manger, Guillaume Nigel mangeait dans la vaisselle fine de sa belle-famille, confortablement assis sur une de leurs chaises, le couteau de son père refermé dans la poche droite de son pantalon. Florence avait beaucoup de goût, elle avait tenu à mettre sa touche personnelle dans cet appartement un peu vieillot que lui avaient cédé ses parents. Et il s'y sentait bien.

Il est vrai qu'en se mariant, mais sans rien renier de ses origines, il avait épousé les ambitions de sa femme, quittant peu à peu les oripeaux d'un simple patron pêcheur pour endosser l'habit d'un jeune armateur en devenir. Il la voulait, sa flottille de trois bateaux, dont un qu'il destinait à la pêche au large. Pour lui-même, bien sûr, mais aussi pour montrer à ses beaux-parents qu'il n'était pas un gagne-petit et qu'il était capable de rendre leur fille heureuse. Lui aussi, il lui offrirait des bijoux, des séjours à Paris, des vacances à l'hôtel et, à leur fils, une scolarité dans les meilleurs établissements. Oui, il lâcherait bientôt le dur métier de pêcheur avec l'odeur âcre du poisson qui vous colle à la peau et les filets coupants qui vous font les mains calleuses. Tout cela ne serait plus bientôt qu'un souvenir, une expérience, un simple marchepied.

Florence avait quitté la table, et Guillaume resta en tête à tête avec un certain Jaquet de l'Océane de crédit. Son courriel de l'avant-veille – qu'il prendrait soin d'effacer après en avoir fait une copie papier – évoquait les conséquences d'un probable refus de l'emprunt qu'il avait sollicité pour augmenter sa flottille. Mais Guillaume restait confiant. Il avait fait ses preuves et n'avait à ce jour aucune dette. C'était tout bonnement inimaginable. Il était d'ailleurs trop engagé vis-à-vis de son associé, revenir en arrière était impossible, Couthon lui ayant avancé sa part… Non, ce devait être une erreur, il ne fallait pas y prêter attention. Guillaume avait aussitôt confirmé par courriel le rendez-vous qui lui était proposé le lundi suivant par la banque.

Et si par extraordinaire l'Océane ne voulait pas l'aider, il irait voir ailleurs et ferait jouer les relations du beau-père, même s'il aurait préféré s'en passer. Il était encore trop tôt pour se confier à Florence, il lui apprendrait la bonne nouvelle dans une semaine ou deux, quand tout serait bouclé.

~

Louise avait repris la veille le cours de ses vacances. Elle avait estimé qu'un, deux, voire trois suicidés n'auraient pas raison de sa vie de famille. Contrairement à ce que Robespierre avait imaginé, sa semaine de liberté avait certes été mise à mal, mais ni différée, ni annulée. Après une longue promenade sur la plage en fin de matinée, elle organisa elle-même le déjeuner, événement assez rare. Aujourd'hui c'était au tour de Pekka d'aller travailler. Il devait cette demi-journée aux jeunes javelistes. Louise avait savouré cette matinée en famille.

Elle ne put s'empêcher de songer à la façon dont le point presse avait été exploité dans les journaux. N'ayant pas de télévision et refusant d'écouter la radio si la brigade était concernée, il lui avait suffi d'appeler Bachelet qui lui avait dit l'essentiel. Un quotidien, et pas le moindre, faisait sa une avec l'affaire, et c'était pire que ce qu'ils avaient imaginé. D'abord le titre, « Vague de suicides, des révélations de mauvais augure », et puis le contenu de l'article. La journaliste insistait sur l'âpreté du métier et sur la difficulté pour les marins-pêcheurs de concilier vie personnelle et vie professionnelle. Mais surtout, et très logiquement, elle pointait la fragilité économique de la filière et la pression financière que subissait la profession. Bref, la bombe était réamorcée. Louise décida de tenir bon, elle était en vacances.

~

Guillaume Nigel devait régler quelques affaires en ville et proposa à Florence de déjeuner en amoureux au Vieux Relais – les grands-parents seraient trop heureux de garder le petit Robin une partie de la journée. C'était sa façon de tenir sa femme à l'écart de ses petits problèmes, sa manière de la rassurer si malgré tout elle avait pu lire sur les traits de son visage un peu de son inquiétude.

Peu après treize heures Florence Nigel rejoignit son mari. Plongé dans la lecture du journal, il occupait une des trois tables disposées devant la cheminée où dansaient les flammes d'un feu de bois très sec qui ajoutait, en craquant, une touche chaleureuse à la scène qu'il avait imaginée pour elle. Guillaume replia vivement son journal qu'il reposa à l'écart, sur une desserte. Et ils déjeunèrent. Un vrai repas de fête. Un repas de volaille fine. Et du vin. Rouge !

Il laissa Florence rejoindre le petit Robin et se dirigea vers les Affaires maritimes qui occupaient encore le premier et le deuxième étage du dernier bâtiment du dernier quartier dix-neuvième de la ville, celui dédié à la pêche et aux pêcheurs. Les quatre étages restants attendaient un ravalement, une rénovation, une nouvelle vie. Mais des planches avaient été clouées aux fenêtres, et l'espoir était mince. L'immeuble occupait l'angle du quai Majeur et de la rue de l'Ouest. Cette partie du port avait connu des heures plus tumultueuses, on pouvait s'imaginer la vie d'autrefois s'écoulant le long de ces quais, une vie remplie de petites gens, de petits métiers. Le sol était encore pavé et, barrant la façade de l'immeuble voisin, une enseigne de bois grisée par le temps indiquait un café, la Brasserie de la maove[20] et de l'univers. Derrière les volets de bois, clos depuis des années, les ronds de cuir avaient d'abord éclusé le cidre à la pression en compagnie des besogneux, des embarqués, puis peu à peu des apéritifs à la mode, ceux des cols amidonnés. Les patrons pêcheurs, voire les armateurs, son propre

20 Nom donné à la mouette en normand.

père et son grand-père avant lui, tous avaient rechigné à s'attabler à la terrasse ou à s'accouder au zinc, de peur d'être surpris en compagnie des paperassiers ou, pire, d'être confondus avec tous ces planqués qui ne méritaient que les rogues que l'on aurait dû leur jeter. Mais c'étaient bel et bien eux qui avaient régné, et continuaient à le faire, sur ce bout de quai. Sans les autorisations, plus de campagnes de pêche. Plus de vie, plus d'espoir. Personne n'aurait osé imaginer la disparition de cet établissement, comme personne ne pouvait désormais envisager que l'on touchât à la façade. De l'autre côté du quai, face à la grande double porte de fonte et de bois de l'institution, était amarré un dragueur désaffecté. Le bateau, lui, avait été transformé en Point Information pour les quelques touristes qui s'attardaient parfois dans ce musée à ciel ouvert désespérément vide, témoin d'un passé révolu.

Ses aïeuls avaient sacrifié une partie de leur existence en espérant qu'un jour peut-être, lui, Guillaume Nigel, grimperait jusqu'au deuxième étage des Affaires maritimes et qu'au fond d'un couloir dont les murs étaient toujours couverts des portraits des hommes de mer qui avaient compté dans la région, il pousserait les deux lourds battants du vaste bureau réservé aux armateurs. Aujourd'hui en effet, il y venait pour vérifier si tous les documents nécessaires à la réalisation de son projet avaient bien été transmis en temps et en heure au siège de l'Océane.

C'est en sortant, rassuré, qu'il l'avait aperçu à l'angle de la rue de l'Ouest. Un petit homme maigre au visage effilé, le regard clairement posé sur lui. Ses yeux brillants l'avaient transpercé une fraction de seconde. Très vite il avait tourné l'angle de la rue et avait disparu. Guillaume était certain que c'était ce même homme qui l'avait observé ce matin derrière les vitres du café où il avait ses habitudes. Son sentiment était partagé. Le petit homme lui semblait ordinaire, presque pitoyable, mais son regard avait le tranchant d'une lame de rasoir. C'était sans doute une coïncidence, une conséquence de son exaltation. Il reprit sa marche en avant vers le centre-ville. Il ne pensait plus qu'à son rendez-vous à la banque et à la réussite de ses projets.

~

Elle venait toujours de la mer. Généralement essoufflée, équipée de son petit sac à dos, munie du strict nécessaire, elle se dirigeait directement vers la douche que Pekka avait installée près du futur garage. Ce soir-là elle avait couru plus vite, plus fort que d'habitude mais, depuis le commissariat, elle n'avait pas réussi à se réchauffer. Tout au long de sa course de six bons kilomètres elle n'avait pu se défaire de cette image macabre… à la place du pendu, son propre corps nu, inerte au bout d'une corde. Pour sortir des ténèbres glacées, Sarah avait accéléré sans cesse, repoussé ses limites, pour oublier ce corps, pour ne plus avoir froid. Elle n'était pas facile à déstabiliser, mais la course de ce soir lui était désagréable. Ses jambes lui pesaient, sa foulée était courte. Elle ne glissait pas entre le ciel et l'eau, elle luttait avec le sable humide, l'œil rivé sur les lumières de la maison Mattinen. Femme d'action, elle était devenue au fil des ans une spécialiste redoutée de l'auto-défense depuis que sa sœur aînée, victime d'une terrible agression, était restée paralysée, clouée dans son fauteuil roulant. Dès les premiers jours Louise l'avait conquise avec sa façon de mener la brigade et sa vie de famille, sa façon d'être franche et directe, sa façon de ponctuer en comptant, drôle malgré elle avec ses lapsus, iconoclaste mais respectueuse des autres. Déterminée et fragile à la fois. Tireur d'élite, Sarah l'accompagnait dans tous les coups durs. Elle s'était promise de la protéger, ceux de la brigade l'avaient surnommée le Gorille. Louise préférait dire d'elle qu'elle était son ange gardien.

Le cheveu noir, humide et en bataille, moulée dans un pantalon fuseau et un pull à col roulé bleu marine qui mettaient en valeur la puissance de ses muscles, Sarah, jolie brune de trente ans, apparut derrière la baie vitrée. Autour de ses yeux très noirs, elle avait composé pour Lovi une de ces drôles de grimaces dont elle avait le secret. La petite fille s'était enroulée autour de son cou et serrée contre elle. Elles entretenaient toutes les deux une relation forte, comme une nièce et une tante. Entre Pekka et Sarah, c'était autre chose. Peu de mots, pas de démonstrations. Quelques regards et des sourires entendus traduisaient leur vraie complicité qui s'exprimait en dehors des murs, pendant leurs longues courses. Pour Pekka, Sarah était une petite sœur… Pour Louise, elle était *la* sœur qu'elle n'avait jamais eue, confidente et témoin privilégié de son existence. Contrainte de toujours donner le change, de cacher ses faiblesses comme ses états d'âme, Louise avait réservé à Sarah dès leur première rencontre une place de choix dans sa vie. Elle seule pouvait aborder le plus secret de Louise. Et réciproquement.

SOIRÉE DU MERCREDI 26 OCTOBRE

Guillaume Nigel n'aurait jamais imposé à sa femme sa tenue de simple patron pêcheur, ses vêtements sentant le poisson, ses bottes rongées par le sel. Et puis cela lui plaisait de pratiquer un sas entre la douceur de son foyer et la rudesse de sa vie de marin. Ses hautes chausses et sa grande salopette cirée, il les enfilerait plus tard, à la remise où il avait fait installer une douche rudimentaire. Il aimait marcher par n'importe quel temps, et c'est à pied qu'il parcourut le kilomètre qui le séparait du port.

Ce soir le vent s'était levé en même temps que la lune. La brume finissait de se dissiper mais quelques bans flottaient encore entre le ciel et l'eau. La nuit ne serait pas désagréable, même si en mer le froid se ferait plus mordant. Déjà il atteignait les premiers bâtiments, il avait tout son temps.

Au moment de franchir la porte de son refuge, l'image de Robert Mazoué s'insinua brièvement dans les pensées de Guillaume qui s'en débarrassa comme d'une mouche qui l'aurait importuné. Mais il en oublia de refermer la porte derrière lui.

~

Les six hommes qui composaient l'équipage du *Conquérant* travaillaient en harmonie et en silence. Selon un rituel immuable, une bonne heure avant l'arrivée du patron, ils préparaient le bateau sous le feu d'une rampe de projecteurs placée en haut d'un petit mât pour que, plus tard, les descentes et remontées de chaluts restent fluides, que tout se passe sans anicroche. Tout à l'heure, quand Guillaume monterait à bord, les moteurs ronronneraient et les hommes exécuteraient les gestes justes sans qu'aucun ordre ne soit donné. On entendrait d'abord le *clang* sonore de la rampe qui s'éteint, puis ce seraient les deux diesels que l'on accélère, les feux de sortie du port que l'on allume, l'angle qui s'ouvre avec le quai qui se dérobe, et surtout le premier souffle d'air frais qui picote la peau. Il fallait être efficace car l'on rentrerait dès la descendante du lendemain midi après une pêche rapide.

Ils avaient allumé leur deuxième cigarette, celle que l'on jette précipitamment quand le patron finit par sauter à bord. Mais ils avaient eu le temps de l'achever, et la rampe éclairait toujours un bateau armé pour la pêche, immobilisé le long d'un quai comme le chien impatient que l'on maintient en laisse.

À bord du *Conquérant*, peu de temps après vingt-et-une heures, un des hommes, celui qui faisait office de second, ralluma son portable et composa le numéro du patron. Mais après quelques sonneries il échoua sur la boîte vocale. Le message était direct, courtois, la voix énergique et riante. Elle redonnait confiance.

Une fois de plus Guillaume se faisait désirer. Bientôt il monterait à bord et lancerait en se frottant les mains : « En route, les gars, vous avez perdu assez de temps comme ça. » Et en souriant il promettrait sa bouteille. Le temps allait lui plaire avec ces coups de lune qui déchiraient la nuit et la houle tranquille qui les promènerait. Patience, la mer les attendait.

Mais déjà nombre de chalutiers avaient franchi la passe. Il fallait se résoudre à appeler chez les Nigel. Guillaume était parti vers vingt heures, il avait tout son temps. On tenta de rassurer Florence, mais le mal était fait.

— Le hangar ! De ces mots, appuyés d'un grand coup de menton, le second avait envoyé deux hommes à la recherche du patron.

~

Quand Sarah restait dormir à la maison, c'était dans la chambre de Lovi, tout à côté d'elle, et la petite fille était ravie. Elle aidait à mettre la table et dînait avec les grands. Ils avaient savouré la krabiche, une soupe de crabes à la Viking que Pekka avait inventée et dont il était très fier. Lovi avait fini par s'endormir, la tête enfouie dans ses bras croisés sur les jambes de Sarah.

Il était très précisément vingt-et-une heures quarante-cinq quand le téléphone de Louise sonna. Elle répondit dans la seconde. C'était Clément, et elle avait un mauvais pressentiment. Un quatrième pendu, un patron pêcheur, venait d'être découvert par ses marins dans une remise du port. Robespierre lui demandait de se rendre sur les lieux, il voulait connaître sa première impression. Louise, le poing serré au-dessus de la tête, avait informé Sarah qui avait aussitôt confié Lovi endormie aux bras tendus de Pekka.

~

Ensemble, les deux femmes gagnèrent le port et sans attendre la Scientifique interrogèrent les premiers témoins :

« La porte était fermée et la lumière éteinte. Aucun signe de la présence du patron. On a appelé, d'abord doucement, puis on a frappé les tôles du hangar du plat de la main en criant son nom. De plus en plus fort. Rien. Il n'y avait aucun bruit à l'intérieur du bâtiment. Alors on est entrés. Dans le noir, j'ai allongé le bras à gauche, sous le compteur – on la connaît tous par cœur, la remise du patron – et j'ai actionné l'interrupteur. On a tout pris en pleine gueule. Guillaume se balançait à moitié nu, au bout de la corde. C'était sinistre. Sur lui et à ses pieds il y avait les signes de la mort, comme dans le journal. J'ai demandé au jeune de vous prévenir, vous ou les pompiers, et moi j'ai couru jusqu'au bateau. »

Le deuxième homme, bien plus jeune en effet, était pâle comme un moribond :

« Je manquais d'air. Quand Michel est parti au bateau, je l'ai suivi dehors pour appeler. Il fallait que je respire. Je m'y suis repris à deux fois pour les joindre. J'ai bredouillé comme j'ai pu quelques explications. J'étais groggy. J'ai repris mes esprits quand mon portable a sonné. Un pompier gueulait au bout du fil. Je n'avais même pas donné d'adresse. »

~

Elle s'était imaginé une vieille cabane à outils, mais la remise était coquette et confortable et témoignait d'un goût certain pour l'harmonie. Vingt mètres carrés tout au plus, ripolinés avec soin. On sentait là une main de femme. Les bardages orange et bleus, la douche dans un recoin faisaient penser à une cabine de plage qui aurait échoué dans ce port sombre et froid. Rarement la présence d'un mort était apparue à Louise aussi déplacée. Ce corps en suspension qui évoquait la jeunesse et respirait la santé.

Au fur et à mesure qu'elle s'éloignait de cette scène au volant de sa voiture et qu'elle se remémorait son entrée dans la remise, elle tentait de s'expliquer ce malaise. À côté du plafonnier, autour de la panne centrale, l'homme avait accroché une sorte de filin de chanvre et de nylon, bloqué à l'aide d'un mousqueton. L'escabeau de bois avait suffi à le hisser au niveau du nœud coulant dont la réalisation était particulièrement soignée. La pancarte, le numéro, le poisson et le couteau, l'article de journal, jusqu'aux effets personnels bien pliés à l'écart. Tout y était. À l'instar du précédent, ce nouveau suicide était presque parfait.

Louise avait demandé à Sarah de rester sur les lieux pour orienter, selon ses consignes, le travail de la Scientifique. Plus que jamais et avant même que Robespierre ne le lui rappelle, il fallait ne rien laisser au hasard. Recueillir toutes les empreintes, tous les indices, mettre en lumière la moindre anomalie.

Arrivée au bout du chemin, elle coupa le moteur et laissa la voiture avancer lentement jusqu'à buter doucement sur la dune. Elle ne bougeait pas, pas encore, elle avait besoin de mettre de l'ordre dans ses pensées.

Ce type semblait réellement solide. Avec sa femme il aurait pu tricher, pour la gloriole ou pour l'épargner, mais pas avec son équipage. Les deux marins qui avaient découvert le corps n'y comprenaient rien non plus. Guillaume était heureux de vivre, la tête remplie de projets. « C'était un fonceur qui n'évitait pas les mauvais coups, avait dit le second. Un vrai bélier, qui défonçait les portes et enlevait les châteaux forts. » Sa femme n'aurait su dire un mot, mais ses yeux parlaient pour elle. On y lisait la même incrédulité.

Quelques minutes après l'appel du second, elle avait suivi la trace de son mari sans hâte excessive. Elle ne craignait rien de grave, il ne pouvait rien lui arriver. Mais au détour de la dernière maison du quartier neuf, en apercevant les feux multicolores et l'agitation qui régnait sur le quai, pour la première fois elle avait frémi. Puis, la peur cédant à la panique, elle s'était mise à courir à la folie et avait fendu le premier cordon de sécurité. Sarah, alarmée par les cris, avait réussi à l'intercepter.

À la découverte du cadavre, c'était toujours pareil, insoutenable, et puis très vite on luttait et on reprenait le dessus. C'était ce qu'il convenait d'appeler le métier. Mais que ressentait la femme du pendu ?

Après le premier choc, Florence Nigel, anéantie, s'était réfugiée dans un grand silence, à l'écart du monde des vivants. Sans attendre de réponse, pas très sûre d'être entendue, Louise lui avait dit doucement à l'oreille qu'elle viendrait la voir dès le lendemain matin. Ensuite, elle avait choisi une femme parmi les policiers en uniforme et lui avait enjoint de veiller sur elle, sans jamais la quitter des yeux. Ses parents viendraient la chercher.

Vaincue par le froid, Louise avait fini par rentrer. D'un geste et d'un pâle sourire elle avait demandé le silence à Pekka et accepté la bière qu'il lui avait tendue.

Son malaise s'estompait. Le remplaçait la conviction que ce suicide-là était une aberration. Voilà, c'était ce mot qu'elle avait cherché sur le chemin du retour. Au regard de la scène – et jamais la référence théâtrale ne lui avait semblé si juste –, à l'écoute des premiers témoignages, elle trouvait la situation aberrante. Mais prudence ! Que savait-on vraiment des autres et de leurs secrets ?

Pekka, qui observait Louise, le savait bien. Si les vacances avaient mal commencé, à cette heure précise elles étaient terminées. Dès qu'elle était apparue, il avait mesuré le changement. Elle avait commencé sa traque.

JEUDI 27 OCTOBRE

Louise avait peu dormi. Avant de se rendre au domicile des parents de Florence Nigel avec Sarah, elle avait décidé de convoquer le groupe dès huit heures, mais à *La Petite Reine*, chez Anquetil – ainsi se nommait l'aubergiste qui n'avait aucun lien de famille avec le grand Jacques. Elle ne voulait pas rompre le cours de ses réflexions en se laissant distraire par les servitudes du commissariat. Dans ce café dont l'aspect vieillot n'était pas affecté, ils avaient leurs habitudes. L'endroit était particulier, et le patron aussi. L'homme, chauve et myope, était plutôt gros. Son visage ovoïdal, chaussé de lunettes épaisses, faisait penser à un œuf de cane. Son bistrot était entièrement consacré à la petite reine sous toutes ses formes, des exploits du quintuple vainqueur du tour de France à la photo réunissant Arletty et Bernard Blier dans une chambre de l'*Hôtel du nord*, en passant par des éléments de vélo, de bicyclette et même de draisienne que l'on avait accrochés au plafond. Jusqu'aux plats du jour où l'on s'efforçait de respecter la thématique. On mangeait là, et pour un prix raisonnable, l'Aubisque de homard ou encore une Poule y dort. Le plaisir de la table succédait ainsi à l'amusement que procurait la découverte du plat du jour. Clément, qui était gourmand, avait découvert le bistrot caché au fond d'une impasse, à une encablure de l'hôtel de police. Louise qui n'aimait pas ces nouveaux quartiers considérait que la fréquentation de ce café était un acte de résistance.

Sans se défaire de cette forme de tension que son équipe lui connaissait bien, elle avait réparti le travail pour la matinée. Il fallait se préoccuper du mort, de ses affaires, de son bateau et de son équipage.

~

— Quelqu'un peut-il me dire où se cache le capitaine Mattinen ?

Vers dix heures, Robespierre faisait son entrée dans le bureau des inspecteurs, il s'inquiétait du silence de Louise. Ly Lan avait la tête dans son écran, Bachelet au fond d'un dossier. Avant de lui résumer la situation et de lui faire part des premières dispositions prises par leur chef de groupe, il informa le commissaire que Louise, après son entretien avec madame Nigel, avait tenu à rester au plus près de la victime, selon ses propres termes. Elle voulait se couler dans son emploi du temps de la veille, épouser ses moindres faits et gestes.

— Croyez-moi, Commissaire, Louise s'est emparée de l'affaire.

~

En début de matinée, Louise et Sarah se présentaient au domicile des parents de Florence Nigel où celle-ci avait trouvé refuge pour la nuit. Un appartement au deuxième étage d'un immeuble cossu de la vieille ville. C'est le père qui les reçut, monsieur Meunier, un homme qui n'avait pas la soixantaine, grand et charpenté, mais le corps déjà résigné. L'entrée était spacieuse, l'une des doubles portes vitrées ouvrait sur le salon, cela sentait l'encaustique et le confort bien né. Florence Nigel les attendait. Elle avait les traits tirés et les yeux gonflés de larmes, pourtant elle paraissait plus apaisée.

À peine Louise avait-elle renouvelé ses condoléances, selon l'usage, que la mère fit son entrée. Si son époux avait manifesté une affliction discrète et, semblait-il, sincère, madame Meunier restait naturellement maîtresse d'elle-même. D'office elle servit cinq tasses de café, puis s'installa sur une chaise, de côté. Elle couvait sa fille des yeux, plus pour prévenir ce qu'elle allait dire que par compassion. Ses rondeurs et son sourire fabriqué cachaient mal ses manières de tyran domestique. Elle voulait que l'on reconnaisse chez elle la fille et la femme d'armateur, alors que chez son époux le jeune pêcheur qu'il avait été se devinait encore. Madame Meunier dominait la situation. Et, de fait, Florence Nigel cherchait son assentiment au moindre de ses propos.

Louise laissa faire, le point de vue des beaux-parents de Guillaume avait son intérêt. Elle menait l'entretien, Sarah le transcrivait sur son ordinateur portable. Si monsieur Meunier appréciait son gendre, travailleur et entreprenant, son épouse regrettait une forme de mésalliance. Pour elle Guillaume n'avait plus d'argent, il devait s'endetter, mais les temps étaient durs, et il allait droit à l'échec. Or sa fille avait été élevée dans l'aisance et l'amour des belles choses, leur ménage n'y aurait pas survécu. C'est alors que monsieur Meunier rappela à sa femme leurs obligations de la matinée, et Louise lui en sut gré.

Florence Nigel, délivrée de la présence de sa mère, parla plus librement de son époux. Elle ne comprenait pas son geste, et, non, il ne courait pas à la catastrophe, il avait la tête bien faite et ne prenait pas de risques inconsidérés. Son projet de constituer une petite flottille était viable, il n'avait pas de dettes, son associé était solide, et il allait obtenir son crédit. La veille, ils avaient passé un bon moment ensemble, il l'avait invitée au Vieux Relais et paraissait heureux. Chez elle aussi Louise et Sarah avaient deviné l'ambition, mais plus saine, plus humaine que chez sa mère, une ambition qu'elle partageait avec son mari.

~

La brousse était revenue dans la nuit mais ce matin elle commençait à se déchirer, à partir en lambeaux, et des bouts de ciel gris acier apparaissaient parfois, charriant de gros nuages noirs. Le vent avait tourné au nord, le froid était plus vif, la lumière viendrait.

L'atmosphère des rues était particulière avec ces ballots de coton qui erraient dans la ville, faisant disparaître l'espace d'un instant un pan de mur, un clocher, un élément de mobilier urbain. Louise évoluait dans un théâtre d'ombres. Elle avait pris la trace de Guillaume Nigel, cet homme qui semblait avoir été stoppé net dans sa course d'élan.

Après leur entretien avec la femme du pendu, Sarah avait déposé Louise au domicile des Nigel. À partir de là, elle avait emprunté l'itinéraire de Guillaume et descendu la colline vers le port et les vieux quartiers. À travers les rideaux de brume on devinait les eaux grises des bassins désertés par les chalutiers. Après un quart d'heure de marche à bonne allure, au pied de l'immeuble abritant les Affaires maritimes, elle avait eu un regard amusé en découvrant l'enseigne de la Brasserie de la maove et de l'univers. Là, elle était chez les marins-pêcheurs. Comme le patron du *Conquérant*, elle avait grimpé quatre à quatre le grand escalier qui mène au bureau des armateurs. Une des deux secrétaires assises derrière un grand comptoir lui avait confirmé que Guillaume Nigel était venu la veille, en milieu de matinée. Il voulait vérifier l'état de son dossier, et notamment s'assurer qu'un double avait bien été adressé à l'Océane de crédit. On lui avait confirmé que l'administration était prête à accueillir monsieur Nigel et son associé, Pierre Couthon, dans le cercle très fermé des armateurs. Le patron avait paru satisfait. En tout et pour tout, il était resté un petit quart d'heure, et Louise en avait fait autant. Dehors le ciel s'était éclairci, la brume avait cédé, harcelée par le vent.

Les bureaux de l'Océane de crédit étaient à deux pas, sur le même quai. Les pêcheurs ne pouvaient pas lui échapper. Louise voulait poser quelques questions au directeur. Celui-ci la reçut immédiatement et justifia notamment la politique de crédit plus restrictive prise par la banque compte tenu du contexte économique. Quant à l'emprunt de Nigel, à sa connaissance, la demande était en cours, et le dossier semblait ne poser aucun problème.

Au Vieux Relais, plus au cœur de la ville, dans une rue étroite, on s'affairait déjà. Elle avait mis le nez aux carreaux et s'était laissée absorber par les allées et venues des serveuses. Les linges blancs attendaient sur une table de service. Trois femmes, chacune dans son rôle, préparaient chaque table. D'abord les nappes, bien lissées à la main, puis les assiettes que l'on dispose avec précision d'un poignet souple, les couverts alignés et les plateaux de verres tremblants dont Louise avait l'impression d'entendre le tintement. Surprise par le klaxon insistant d'un véhicule de livraison, elle s'était décidée à entrer. Le gérant était absent, et c'était mieux ainsi. Elle interrogerait plus librement celles qui la veille avaient circulé entre les tables de la salle de restaurant. L'une d'entre elles avait peut-être capté un peu de l'intimité du couple. La plus âgée des trois, la quarantaine bien mise, la tenue impeccable, se souvenait très bien d'eux. Guillaume Nigel venait deux ou trois fois par an, avec sa femme ou pour affaires. La serveuse lui montra la table qu'il avait choisie hier, l'une des meilleures, près de la cheminée, comme pour marquer un événement ou un repas en amoureux. Ils étaient gourmands, mais le choix du menu avait semblé à Louise déraisonnable. Le déjeuner avait eu lieu avant le passage du patron pêcheur aux Affaires maritimes, il n'y avait rien à célébrer, et Florence Nigel l'avait confirmé. Leurs tête-à-tête n'étaient pas rares, mais l'addition du Vieux Relais était plutôt salée pour la bourse d'un patron pêcheur. Ce repas au beau milieu de la semaine était peut-être l'expression de leur bonheur, mais il y avait là quelque chose de démonstratif. Décidément, dans cette affaire les êtres et les choses n'étaient pas à leur place. Ce quatrième suicide ne rentrait pas dans le moule. Il faudrait aller chercher ailleurs les causes de cette mort. Or du côté domestique il n'y avait pas grand-chose à se mettre sous la dent.

~

Tout d'abord elle perçut la rumeur dans son dos et, en se retournant, elle vit une voiture de police, et puis quelques badauds. Mais surtout le cortège qui s'avançait sur le quai de l'Ouest, grave, presque silencieux. Elle allait dans la même direction, vers les hauteurs, mais elle le devançait. Elle repassa devant les Affaires maritimes avant que derrière elle le défilé gros de deux à trois cents personnes ne se campe devant ce temple où quelques anonymes présidaient au destin des bateaux et des hommes. La foule commençait à gronder. Louise s'était arrêtée, elle observait les manifestants qui s'étaient organisés en demi-cercle pour déployer leurs banderoles, face à l'immeuble. Les slogans traduisaient les angoisses financières, la peur du lendemain. Les pêcheurs craignaient pour leur survie. Que faisait-on pour eux ?

Les Affaires maritimes ? Pourquoi pas, se dit Louise. Elles avaient réglé la vie des marins depuis des générations, elles pouvaient bien être responsables de leur mort. Elle appela Bachelet :

— Ça bouge sur les quais devant les Affaires maritimes. Tu devrais prévenir Robespierre. Un, ils semblent déterminés ; deux, ça peut dégénérer.

~

En rentrant à l'hôtel de police, avant de retrouver le commissaire qui était chez le sous-préfet, Louise réunit son équipe pour faire le point sur le résultat des investigations des uns et des autres.

L'équipage du *Conquérant* était unanime. Énergique, chaleureux, Nigel était un fonceur, d'un optimisme parfois désarmant, le contraire d'un dépressif.

Pierre Couthon, l'ex-futur associé de Nigel, était plus âgé que lui. Mais à trente-cinq ans il avait à peu près le même profil que la victime, la même ambition. Une différence toutefois, ses finances étaient florissantes et ses héritages plus substantiels. Lui était déjà armateur. D'après l'entourage professionnel cette association semblait logique, le projet évoluait normalement, il était presque abouti. Nigel n'attendait plus que l'accord de sa banque pour rembourser à Couthon la somme que celui-ci avait dû lui avancer pour constituer leur flottille avant la date butoir des Affaires maritimes qui décidaient de l'attribution des parts de pêche pour le semestre à venir. Couthon était lui aussi anéanti par le suicide de Guillaume. Son geste était inexplicable.

En l'absence de Louise, un premier rapport de la Scientifique venait d'atterrir sur le bureau du capitaine Bachelet. Concernant les empreintes, celles de la victime étaient partout, bien sûr, et d'autres également, nombreuses, variées, sur les meubles, sur les objets. Sa femme, les marins, tous avaient eu accès à la remise. À la demande de Louise les différents éléments de la scène avaient été passés au crible. Sur le couteau, et seulement sur le couteau, figuraient les empreintes du pendu. Rien sur le journal, rien sur la pancarte, rien sur l'article cerclé de noir, rien sur le poisson évidemment, et aucune trace du feutre qui avait servi à l'écriture du texte. Mais, surtout, les empreintes du pendu n'étaient pas sur la corde qui l'étranglait ni sur le nœud coulant qu'il avait fallu fabriquer.

Le médecin légiste, lui, avait adressé à la brigade un rapport intermédiaire. Certes, il révélait la blessure classique de la mort par pendaison, à savoir la meurtrissure des tissus de la partie avant du cou due à la pression exercée par le jeu du nœud coulant, mais, si ces premières constatations confirmaient la mort par pendaison, la découverte d'un élément supplémentaire était susceptible de remettre en cause la thèse du suicide. Sur la nuque du cadavre, légèrement au-dessus du cou, un hématome de taille moyenne pouvait avoir été provoqué par un coup porté. Bien sûr l'hypothèse d'une contusion due à une fracture vertébrale ou à une rupture de vaisseau à la chute du corps n'était pas totalement à exclure, mais cette contusion débordait sur l'oreille droite, vers la suture pariéto-mastoïdienne, et la corde pouvait difficilement être à l'origine du traumatisme. En conclusion, il procédait immédiatement à un examen approfondi de la boîte crânienne et refusait, en l'état, de délivrer le permis d'inhumer.

~

Quand enfin sur le coup de midi Louise entra chez Robespierre, elle avait étayé ses intuitions. Elle lui rendit compte des premiers pas de l'enquête. La thèse du meurtre se précisait, certains détails le confirmaient. Les relevés d'empreintes notamment étaient complètement illogiques. Elle ne lui laissa pas le loisir d'évoquer son absence du matin bien qu'il eût compris son errance matinale. Elle avait l'intention de ne pas s'éterniser et voulait au plus vite mettre son nez dans les affaires de la victime.

— Voilà Commissaire, je pense que ça doit suffire à justifier que le procureur…

— Comment vous dites déjà, Louise ? Vous me prenez vraiment pour un bigorneau, mon Capitaine[21] ? Vous croyez qu'en vous attendant je fais des réussites, que je ne me tiens pas informé ? Bachelet m'a transmis le rapport intermédiaire du légiste, et j'ai pensé que selon votre habitude vous me demanderiez d'agir au plus vite.

Louise prit son air outragé avant de l'interrompre :

— Et vous m'avez laissée…

— Parfaitement. Et c'est une punition bien anodine pour le lapin de ce matin. Le commissaire la regarda en souriant. En résumé, Louise, il n'y a pas encore d'affaire, mais sans être officiellement saisis de l'enquête nous avons tout pouvoir pour commencer nos investigations.

Robespierre était celui qui mettait l'huile dans les rouages de leur mécanique. Humble et discret, il se réservait le sale boulot et assumait ses responsabilités. Il agissait en vrai patron, acceptant de prendre les coups de la hiérarchie tout en protégeant la liberté de mouvement de ses subordonnés sur le terrain. Une perle rare qui malheureusement allait partir planter ses salades quelque part dans sa Touraine natale. Malgré ses petits accès de paternalisme, il avait sa place aux côtés de Lachaume, le maître de ses débuts, au Panthéon des commissaires.

~

21 Référence à une réplique du film de Denys de La Patellière, *Un taxi pour Tobrouk*, dialogues de Michel Audiard.

Au début ce fut un simple rassemblement sur les quais, quelques marins et des membres du personnel portuaire en colère. Les rangs avaient grossi à coups de téléphone portables. Galvanisés par ce premier succès, ils avaient formé un cortège et, de plus en plus déterminés à demander des comptes, ils s'étaient mis en position d'affronter les Affaires maritimes. On leur avait refusé l'accès aux locaux, et le ton était monté, mais personne n'avait voulu recevoir leur délégation improvisée. Sans doute une erreur, car à partir de là tout avait dégénéré. L'alcool circulait déjà depuis un bon moment, et les slogans faisant place aux vociférations les choses s'étaient encore envenimées. La police municipale avait tenté d'intervenir en douceur mais elle avait vite été débordée. Pire, au premier uniforme les manifestants avaient franchi la ligne rouge. Bris de glace, feux de rue, tags… Et la gendarmerie mobile avait été contrainte de cogner un peu.

En ce début d'après-midi, après avoir écouté le récit de ce qu'il convenait d'appeler un dérapage de manifestation spontanée, le commissaire Récostière s'était résolu à annoncer la nouvelle conférence de presse réclamée par le sous-préfet. Il fallait dire la vérité sur cette quatrième victime, la préservation de l'ordre public chère aux gants beurre frais commandait de mettre un terme à la colère des pêcheurs qui s'exprimait dans la rue, quitte à ce que la peur s'y insinue.

~

Il était dix-huit heures quinze, et l'hôtel de police s'était vidé. La rumeur était tombée. D'un coup. Finis les sonneries de téléphone, les portes qui claquent, les cris des uns, les rires des autres. Au rez-de-chaussée de la grande bâtisse désertée et silencieuse le personnel de permanence s'organisait pour la nuit.

Il faudrait agir vite, Louise le pressentait, mais elle avait décidé d'attendre dans son bureau les conclusions définitives du médecin légiste avant de foncer au domicile de la victime. Elle n'avait retenu que Sarah, Bachelet, lui, étant de permanence. Bachelet qui leur avait lu les dépositions des témoins. Les deux marins qui avaient découvert le corps étaient affirmatifs. À leur arrivée la porte était fermée et la lumière éteinte.

— Et on a laissé passer ça, s'exclama Louise ! Expliquez-moi comment vous éteignez la lumière alors que vous vous balancez déjà au bout de la corde…

— Il suffit… de se pendre dans le noir.

— D'accord, tu fais comment pour la mise en scène ?

— Je prépare tout, y compris la pancarte autour du cou, je coupe la lumière et je vais tranquillement…

— Tu vois, c'est n'importe quoi, tu ironises déjà.

— Le clair de lune, Louise !

— J'y pensais, figure-toi, mais en dehors de la porte d'entrée qui était bel et bien fermée, pas la moindre lucarne, aucune ouverture dans la remise.

— Allez, je suis à court d'idées, l'avocat du diable s'incline. Je vais même apporter de l'eau à ton moulin, il y a quelque chose de beaucoup plus troublant.

Et Bachelet expliqua que la déposition des deux marins concernant la scène de crime était en contradiction avec le procès-verbal. Il semblait qu'entre le moment où les marins avaient quitté la remise et l'arrivée de la police, quelqu'un avait pris soin de déposer le couteau à côté du poisson.

— Les témoins ont été interrogés séparément, photos de la scène à l'appui. Ils sont formels, quand ils ont découvert Nigel il n'y avait pas de couteau. Certes ils pourraient s'être trompés tous les deux mais, comme ils le disent, « les signes de la mort sont inscrits là ». Et Bachelet désigna son front du bout du doigt. Pour moi, il est plus probable que l'assassin a été dérangé et qu'il a eu assez de cran pour attendre, caché dans la remise. Il aura ensuite repris le cours de son travail, là où il l'avait interrompu, puis profité du désarroi du second témoin pour quitter les lieux, calmement et sans bruit.

Louise avait écouté attentivement Bachelet et prit quelques instants avant de lui répondre :

— Ton raisonnement ne tient pas. Si l'on considère l'heure à laquelle Nigel devait embarquer et l'heure à laquelle les deux témoins ont découvert le corps, il s'est probablement écoulé une heure. Au minimum. Et en une heure le meurtrier n'aurait pas eu le loisir de peaufiner sa mise en scène ? Il lui aurait fallu tout ce temps pour placer trois objets et un malheureux poisson décapité ?

— Et oui ! Il doit d'abord surprendre, puis assommer, dévêtir, pendre. Et seulement après mettre son meurtre en scène. Tout cela prend beaucoup de temps. Et en admettant même que tu aies raison, on peut très bien imaginer que, nerveux, troublé, il ait oublié de laisser le couteau. Alors il se serait ressaisi et aurait fait preuve d'assez de sang-froid pour revenir sur les lieux avant votre arrivée.

Sarah n'intervenait que très rarement dans leurs parties de ping-pong et préférait se concentrer sur le compte rendu de leurs échanges.

~

Autour de dix-neuf heures, l'enquête prit enfin un tour officiel. À sa demande, le légiste responsable de l'autopsie appela Louise sur son portable pour lui résumer l'essentiel, avant même la transmission du rapport. Le coup à la nuque était indéniablement un coup porté à l'aide d'un objet non contondant – une matraque, sans doute –, et l'on pouvait en déduire que Guillaume Nigel, assommé très peu de temps avant la mort – une demi-heure tout au plus – avait été suicidé.

~

Pour la deuxième fois Louise et Sarah se rendirent au Quartier neuf. La maison des Nigel n'était pas très grande mais moderne et harmonieuse. Située sur les hauteurs, elle devait bénéficier d'un point de vue intéressant sur le port et peut-être, au-delà, sur le large. Mais c'était sans compter sur la brume du matin et maintenant la nuit.

Florence Nigel avait tenu à rentrer chez elle pour accueillir son beau-père. Elle avait refusé cette invitation de sa mère à un déjeuner de convention. Ici Paul se sentirait à l'aise, il roulerait sa cigarette sans se sentir jugé et surtout il pourrait s'épancher sans réserve. Elle aussi.

Louise et Sarah étaient entrées dans un intérieur bien tenu. Tout était en ordre. Il lui fallait pourtant annoncer à son épouse que Guillaume Nigel avait été « suicidé ». Paul, le père du pendu, était un homme en ruines. Il était assis sur le canapé du salon, son petit-fils à ses côtés. On ne savait pas très bien qui des deux prenait la main de l'autre. Florence Nigel n'avait pas voulu laisser Robin à sa mère, son grand-père avait besoin de lui. Et il faudrait bien apprendre à vivre tous les deux.

Son visage s'était éclairé l'espace d'un instant quand Louise lui avait annoncé que son mari ne s'était pas donné la mort mais qu'il avait été victime d'un crime maquillé en suicide. Puis l'effroi avait succédé au soulagement. Ses yeux s'étaient emplis de larmes, on y lisait son incompréhension et sa révolte.

Louise proposa de remettre au lendemain les interrogatoires de madame Nigel et de son beau-père et se contenta d'emporter les documents professionnels de son mari et l'ordinateur familial.

Elle venait de déposer Sarah au pied de son immeuble quand son téléphone portable avait sonné. C'était Robespierre :

— Capitaine Mattinen, vous allez être contente, la Crim' ne sera pas saisie. D'ailleurs je tenais à garder cette affaire, l'aspect local ne doit pas être négligé. C'est aussi le sentiment du procureur. C'est donc vous qui avez la main, Louise.

Il fallait toujours que maman lui serve son café à tante Jeanne. La sœur de papa qui habitait à Thouars. Quand ça la prenait, comme bon lui chantait. Toujours du café frais, jamais du réchauffé. Germaine par-ci, Germaine par-là. Et maman qui s'exécutait. Docile. Pauvre maman qui ne pouvait mot dire. Qui n'aurait pas osé. À cause du pain que nous coûtions et qui restait coincé au fond de la gorge de Jeanne. Et cette menace de nous séparer. De m'envoyer en pension. Pour mon bien. Pauvre maman qui dans la cuisine mettait ses deux cuillères de café fraîchement moulu au fond du filtre individuel, posé sur la tasse de porcelaine de Limoges à motifs de roses, ajoutait l'eau, pressait. Pauvre maman qui apportait le tout sur un petit plateau d'argent décoré d'un napperon, le café s'égouttant lentement dans la tasse. Pauvre maman qui avait la tremblote et qui une fois le café passé séparait le filtre de la tasse et invariablement laissait s'échapper deux ou trois gouttes de la liqueur sur le napperon. Pauvre maman qui se faisait sermonner en pliant l'échine. Ah, cette fois où la tasse s'était fracassée par terre, le liquide tachant les bas de tante Jeanne et lui brûlant la peau de ses jambes boursoufflées ! Ah, les cris et les insultes de la tante ! Tu n'es qu'une pauvre fille, tu ne sais rien faire de tes dix doigts, tu mérites bien ton malheur, allez ramasse, tu n'es bonne qu'à ça ! Pauvre maman à genoux, la serpillière au bout des bras et son pauvre corps hoquetant de sanglots refoulés. Et moi, son petit garçon pour qui rien n'est trop beau, à qui rien de ce qu'elle supporte ne doit être infligé, incapable de la défendre, de la faire respecter. Incapable de lui prendre la serpillière des mains pour éponger sa honte. Ah, le salaud, le salaud de qui tout est la faute ! Je te le revaudrai, je te le revaudrai ! Et cet abruti de serveur qui me sert mon café comme on se débarrasse d'une assiette bouillante, en renverse la moitié dans la soucoupe et repart sans s'excuser, sans même nettoyer. Maman, elle, nettoyait. Maman, elle, s'excusait.

MATINÉE DU VENDREDI 28 OCTOBRE

Le bureau des inspecteurs était cerné par la pluie qui dégringolait. De plus en plus drue. Elle s'écoulait le long des baies qui occupaient les façades ouest et sud de l'immeuble. La lumière blême des néons accentuait la grisaille qui montait de la rue. L'étage semblait une île, et la brigade captive au beau milieu des eaux.

Ce quatrième mort était comme un point d'exclamation. La population, les pêcheurs surtout ne s'y étaient pas trompés. Pour preuve les évènements de la veille. Naturellement ce meurtre maquillé obligeait la police à reconsidérer les trois premiers suicides. À nouveau la même question et, au fur et à mesure des investigations, toujours la même réponse. Les autopsies, les relevés de la Scientifique, les analyses toxicologiques les plus poussées, l'étude de l'environnement des victimes et leur profil psychologique le confirmaient, les trois précédentes victimes s'étaient donné la mort. Alors pourquoi l'assassin de Nigel avait-il inscrit aussi soigneusement son crime dans ce bouquet sinistre, faisant de ce cadavre-là, aux yeux du public, le quatrième de la série ? Bachelet leur avait fait remarquer que le coup porté à la nuque était assez grossier et ne correspondait pas au mode opératoire de l'assassin illustré par l'épisode du couteau mis en place après la découverte du corps. Pour l'instant Louise ne voulait retenir que cette seule hypothèse de travail, l'assassin avait profité de la vague de suicides pour liquider Nigel.

Elle avait demandé au groupe de se focaliser sur lui. Pourquoi Nigel ? Bachelet avait planché une partie de la nuit sur les maigres documents saisis la veille et sur le contenu de l'ordinateur. Rien de décisif, rien que l'on ne sache déjà. Ce serait encore et toujours le travail de routine qui donnerait la clé. On interrogerait à nouveau l'entourage de la victime, même si les premières dépositions étaient décevantes. Pas la moindre faille où s'engouffrer. Une affaire de cœur, de jalousie? On allait chercher, mais c'était peu probable. L'argent? Une équipe allait à nouveau se rendre à la banque pour éplucher les comptes, tout fouiller. Une vengeance, professionnelle ou personnelle? Rien pour l'instant, pas la moindre piste, mais il faudrait se pencher sur le passé de Nigel, les histoires de famille.

~

Le Guen et Ly Lan avaient été désignés par Louise pour se rendre à l'Océane de crédit. La banque était souvent citée dans cette série macabre, ce qui méritait quelques éclaircissements. Louise avait déjà rencontré le directeur qui s'était montré plutôt coopératif, mais il était nécessaire de pousser plus loin les investigations.

En sortant de l'hôtel de police Ly Lan avait eu un regard inquiet vers le ciel. La pluie n'était pas prête à s'arrêter. Elle avait mis du temps à trouver leur véhicule et c'est trempée jusqu'aux os qu'elle s'était installée au volant.

L'homme qui les reçut dans une de ces salles de réunion à la fois fonctionnelles et froides devait être encore jeune, mais l'embonpoint, le teint gris et la calvitie naissante brouillaient les cartes. Installé au coin de la table ovale, le sous-directeur écoutait Yan Le Guen exposer le sens de leur démarche en rappelant que l'Océane de crédit était impliquée dans deux suicides sur trois par l'entourage des victimes et que concernant le meurtre de Guillaume Nigel, sans être directement impliquée, la banque apparaissait encore. L'homme sans âge manifesta alors clairement l'envie de disparaître sous la table. À la place il entreprit de se tordre l'oreille droite avec méthode, le coude fiché sur le bras de son fauteuil. Puis de l'autre main il amorça un geste circulaire dont la signification échappa aux deux policiers et, le bras en l'air, il tenta d'interrompre le cours de l'entretien. Mais Ly Lan lui asséna le coup de grâce en lui énumérant, la voix ferme et assurée, la liste des documents qu'ils souhaitaient se voir confier sans délais. Le sous-directeur se leva d'un bond, bafouilla de vagues excuses et s'empressa de disparaître.

Quelques minutes plus tard ce fut le directeur qui fît son entrée. Lui était un de ces quinquagénaires à la fois carillonnant et cajoleur. Il s'avança vers eux le sourire accroché en travers du visage, affectant une bienveillance de bon aloi. Il les pria de bien vouloir excuser les maladresses de son sous-directeur qui était, avant tout, un homme de l'écrit chargé de balayer les dossiers. Et Ly Lan sourit en imaginant l'homme sans âge terré sous un bureau, suffoquant sous une avalanche de dossiers, ou encore remisé dans un placard parmi les balais.

~

Quand le travail de la brigade devait s'accélérer – et c'était fréquent –, Louise privilégiait les réunions hors les murs. En quittant les bureaux de l'Océane, Le Guen et Ly Lan se rendirent directement à La Petite Reine où attendait le groupe. Le Paris-Nice, un jambon braisé avec une sauce aux anchois, était au menu. Et Robespierre s'était invité à leur table. Bizarrement c'était là, chez Anquetil, parmi les habitués qui ne faisaient plus attention à eux et dans le joyeux brouhaha du repas de midi, que Louise obtenait le meilleur de son équipe. Elle avait eu le culot d'affirmer au commissaire que l'effort de concentration qu'exigeait cette ambiance décuplait leurs facultés de déduction… Et Robespierre avait été convaincu… par le talent d'Anquetil.

Passé Le Gallibier – le doublement de la consonne évoquait la terrine de foies de volaille car les talents du chef ne se limitaient pas aux fourneaux, il pratiquait aussi l'art subtil de l'à-peu-près –, on avait attaqué la banque et ses secrets. Tout le monde savait que dans la région aucun professionnel de la pêche n'échappait au monopole de l'Océane de crédit. Aussi la dégradation inéluctable du climat économique suffisait à expliquer que deux des trois premières victimes aient dû se frotter au service contentieux de la banque. Toutefois, concernant l'hécatombe de ces dernières semaines et suivant les consignes de sa hiérarchie, le directeur n'avait pas failli à sa tâche et agi avec célérité.

Après avoir soigneusement nettoyé du bout d'une croûte de pain le fond de la terrine, Ly Lan entreprit la lecture des documents exhumés par Florent Salambo, le directeur de l'Océane.

— Ce premier courriel est daté du vendredi vingt-et-un à dix heures. J'ai pu l'authentifier. Il émane du siège, mais surtout Salambo l'a effectivement reçu à la date annoncée, pile entre le deuxième et le troisième suicide. Je vous le lis :

Monsieur le directeur,

En raison des évènements dramatiques qui frappent votre ville, nous vous enjoignons de suspendre toutes les procédures juridiques en cours et d'assouplir provisoirement nos règles d'accès au crédit professionnel afin de contribuer à l'apaisement du climat social.

Nous vous demandons de bien vouloir prendre des dispositions à caractère immédiat et de nous les faire connaître dans les vingt-quatre heures par le canal confidentiel. Nous vous prions de faire diligence.

En vous renouvelant toute notre confiance.

Le directeur général
Jan Van Peters

NB : faisons suivre le courrier officiel.

— Et on vous a communiqué ce courrier ?

— Absolument, Commissaire.

— Et ?

— Même formulation. Le courrier est identique au mail, confirma Ly Lan en le remettant à Robespierre que les aspects financiers d'un dossier conjugués à la cuisine d'Anquetil rendaient toujours plus loquace.

— Conjoncturel, bien sûr... très responsable et professionnel... habile, surtout... Alors là, les enfants, le mot couverture prend tout son sens. Figuré, j'entends. C'est du grand art ! Continuez, Petite Fleur... C'est bien ainsi que l'on vous nomme ?

— À table, Commissaire, ce serait plutôt La Goulue. Regardez-la manger, vous comprendrez. Laissez-moi prendre le relais. Ainsi Le Guen permit-il à Ly Lan d'attaquer le Paris-Nice qui fumait encore dans son assiette.

Même occupée à mordre ou à mastiquer, Petite Fleur, toute malingre qu'elle était, restait gracieuse. Toujours affamée, à la façon inquiète de l'écureuil que rien ne ferait lâcher sa noisette, attentive au contenu de son assiette, elle guettait la nouvelle saveur, applaudissait les audaces ou dénonçait les supercheries et les fautes de goût. Si elle faisait la joie de tous les cuisiniers honnêtes, les tricheurs n'avaient qu'à bien se tenir car elle pouvait être redoutable. Le capitaine Bachelet, qui écumait avec elle les tables authentiques de la région, avait ainsi dressé un « Portrait en petits pieds d'une courte chinoise : Ly Lan, orchidée de printemps, est une fleur précieuse mais un peu carnivore. Elle a le visage long comme la muraille de Chine, chausse du trente-cinq et aussi des lunettes sous lesquelles elle cache de très grands yeux du vert de ces bassins que l'on trouve dans les jardins des temples orientaux où évoluent des carpes Koï aux reflets d'or. »

En réalité la petite Chinoise aux pieds menus, âgée de vingt-quatre ans, était bien française. Plus précisément auvergnate, d'origine nord-vietnamienne. Jeune lieutenant stagiaire à la brigade, elle avait une solide formation d'informaticienne. Le reste pouvait paraître plus improbable, et pourtant... Ly Lan, lointaine arrière-petite-cousine d'Ho Chi Minh, avait été adoptée à l'âge de trois ans par un couple de restaurateurs de Saint-Flour partis prospérer rue du Château-d'Eau à Paris. Elle savait défendre en tout lieu la cuisine auvergnate en général, et l'aligot en particulier. Bachelet aimait à rajouter « déteste manger avec des baguettes et louper un bon repas ».

— Le même jour donc, à dix heures trente, reprit Le Guen, Salambo communique par courriel avec tous ses chefs de service :

À tous les chefs de service *Note urgente*

Je vous prie de prendre connaissance de la note officielle ci-jointe, émanant de notre direction. Il est impératif de ménager notre clientèle très éprouvée par les derniers événements qui ont endeuillé notre région. Il convient d'appliquer ces directives sans délai.

Je compte sur vous.

Florent Salambo

— Ils ont bien fait les choses à l'Océane. Le siège a su anticiper en demandant l'assouplissement des mesures, premier bon point. Le directeur a fait son boulot, second bon point. Ce qui nous permet de passer à Nigel.

— Attends, Louise, une dernière histoire, une très sale histoire, qui illustre bien la fâcheuse tendance de cette boîte à cogner fort. Souvenez-vous de Lacroix, notre première victime. Bon il a des soucis, comme tout le monde, mais il s'en sort assez bien jusqu'à l'hiver dernier, date à laquelle la banque lui coupe le robinet, du jour au lendemain. Le directeur a tenté de se réfugier derrière le secret bancaire mais a fini par lâcher quelques informations et un dossier. Le bateau de Lacroix n'est plus tout jeune – plus de vingt ans – et il a beaucoup souffert l'hiver dernier. Le risque majeur, c'est l'avarie, inévitable selon l'expertise diligentée. Résultat ? On bloque le bateau au port, ce qu'aucun marin ne peut actuellement se permettre. Ce qu'il faut dans ces cas-là, et les professionnels le savent bien, c'est agir vite. La situation est donc délicate mais pas catastrophique. Normalement les banques comme l'Océane connaissent le risque et agissent en conséquence. Seulement voilà, et c'est là le hic. Au lieu de faciliter les choses la banque semble avoir précipité la chute. À quarante-deux ans, même très endetté, Lacroix a encore de l'avenir car son chiffre est bon. Bien sûr il doit solliciter un crédit plus important pour à la fois solder l'emprunt en cours et acheter un nouveau bateau d'occasion. Mais ça devait marcher tout seul, ce type de transaction est classique. Mieux, les taux sont plus faibles qu'à ses débuts. Or la banque le lâche. Elle rejette la demande de prêt en évoquant à la fois des raisons personnelles – l'endettement – et conjoncturelles – la crise. Cerise sur le gâteau, la banque aurait informé Lacroix en septembre que, dans sa situation, il pouvait bénéficier d'un refinancement à condition d'accepter un changement de statut l'obligeant à travailler pour un distributeur exclusif. À défaut, la procédure du contentieux suivrait son cours. Une histoire de fou ! Je ne sais pas ce qu'a fait la famille, mais à titre personnel j'aurais bien cassé la gueule à quelqu'un dans cette boîte, moi.

— Tu es sûr de ce que tu avances, Le Guen ? Quelle bande de fumiers ! Mon père aurait dit « des assassins sans foi ni loi ». Il aurait pu ajouter que ce type de crime s'inscrit toujours dans la légalité. Mais le directeur n'a pas réagi en voyant votre tête ?

— Oh si, Capitaine ! Il nous a même donné une explication, intervint Ly Lan qui à regret, en avait fini avec son jambon. Il était visiblement contrarié et il nous a communiqué un troisième document très explicite sur la politique de la banque. Écoutez :

Note confidentielle aux directeurs d'établissement, en date du 3 juin 2012

À compter de ce jour, au regard des prévisions de conjoncture, et malgré nos bons résultats pour l'année en cours, nous vous demandons d'être beaucoup plus sévères et sélectifs concernant les prêts et aides diverses consentis aux petits patrons pêcheurs et armateurs de votre portefeuille de clients. Cette orientation poursuit plusieurs buts : assainir nos finances en maintenant nos marges (en prévision de la crise à venir), favoriser les regroupements d'armateurs afin de rationaliser le marché et générer ainsi de nouvelles créances saines et contrôlables, éliminer les « brebis galeuses » qui exploitent de manière non optimale les précieux quotas de pêche, à cause d'une faiblesse structurelle en matière d'investissements. In fine, en cette période d'incertitude économique et afin de sauvegarder nos emplois, vous devez, sur le terrain, défendre les intérêts financiers de notre prestigieuse entreprise.

Cordialement, etc., le même Jan Van Peters

~

Transporté par ces notes de service comme un poisson se laisse glisser au fil de l'eau, Robespierre était à son affaire :

— La mort des faibles et des sans grades ! Je vous fiche mon billet que votre Salambo a aussi obtenu le feu vert de sa hiérarchie pour exhumer cette note… au cas où. Bien sûr elle lève un coin du voile sur les dessous de leur stratégie financière, la banque des petits au service des gros – c'est classique ! Mais, en réagissant vite et dans la transparence, ils limitent les dégâts et se dédouanent. En bloc ! Bon, c'est bien, mais je dois vous quitter maintenant. Continuez à déblayer et occupez-vous vite du numéro quatre, c'est notre priorité. Et surtout ne perdez pas de vue que sans se l'avouer toute la ville attend le prochain pendu. Puis, arrivé à la porte et en se retournant :

– Si un seul d'entre vous oublie de m'inviter au prochain Paris-Nice, c'est la mutation à Givet, dans les Ardennes.

En cette fin de service, le bistrot résonnait encore des conversations et des exclamations des clients, mais nul besoin de vérifier l'heure, les percolateurs sifflaient la fin de la récréation. Trop de buée dedans et de pluie au-dehors. Impossible d'apercevoir la fine silhouette du commissaire longeant les baies vitrées d'Anquetil pour regagner son bureau.

Robespierre remonta le col de son imperméable pour le maintenir serré autour du cou. Lacroix, poussé au suicide sur décision financière. Bonnet, c'est la vie qui s'est chargée de le détruire. Mazoué, un peu la synthèse des deux, un type déjà usé par la mer et la vie de marin que la banque va achever. Pour Nigel, lc meurtre est avéré. Il va falloir oublier l'aspect financier de l'affaire et chercher ailleurs un motif de tuer. Nos quatre pendus n'ont en commun qu'un rituel, sans doute l'œuvre de ce Lacroix. Les autres se seront coulés dans le moule.

Laissons un peu de temps à Louise, elle est pragmatique et sait comment s'y prendre quand les choses se compliquent. Deux ans plus tôt, du haut de son mètre soixante-huit, elle avait su désarçonner toute une brigade. Ce jour-là, c'était son premier jour au commissariat de Hollebourg, n'importe qui d'autre se serait liquéfié devant le bloc que formaient les inspecteurs de la Judiciaire réunis dans son bureau. Le capitaine Mattinen, elle, avait simplement prononcé les paroles d'usage et, pas impressionnée le moins du monde, avait prié son nouveau patron de lui présenter la brigade. À cet instant il l'avait su, c'était en futur chef de groupe qu'elle évoluait déjà au milieu des siens, avec détermination mais sans outrance, avec discrétion mais sans réserve. À l'affût derrière sa façade angélique, elle était prête à fondre sur la grève comme la houle hivernale. De prime abord on était accroché, derrière les mèches de ses cheveux blonds très pâles, par la douceur et l'indulgence de son regard. Mais ses yeux ! Ils frappaient toujours les premiers, gris et acérés comme le métal. À sa manière, sereine et implacable, Louise finissait toujours par avoir raison des choses, des êtres et de leurs errances. Louise s'obstinait et ne tergiversait pas !

APRÈS-MIDI ET SOIRÉE DU VENDREDI 28 OCTOBRE

Aux alentours de quinze heures il s'était passé quelque chose de surprenant, d'inattendu. La pluie avait cessé. Depuis le début de l'après-midi les interrogatoires de routine, à la fois rébarbatifs et indispensables, avaient succédé aux interrogatoires de routine. Louise avait déposé un gobelet de café devant Paul Nigel et s'était assise face à lui. La veille chez sa belle-fille, l'homme était apparu fragile. À se briser comme le verre. Dans ce petit bureau à l'écart, intime et rassurant, il était à deux doigts de se désagréger. Et Louise en avait fait la réflexion à Ly Lan qui se voyait déjà contrainte de faire le ménage – elle était la benjamine –, ramassant des petits bouts de ce monsieur Nigel parti en morceaux. Il allait falloir s'armer de douceur. Pourtant ce fut lui qui frappa un grand coup :

— Il y avait un autre fils. Un bâtard ! Un peu avant mes fiançailles, je fréquentais une fille de salle à l'hôpital de Saint-Lô. Mais j'ai laissé tomber pour épouser ma femme. Quand elle me l'a fait savoir j'ai bien compris qu'il était de moi ce marmot. Mais je n'ai pas voulu. J'ai cru qu'il suffisait de lui donner de l'argent pour solder notre compte. Et ça a marché, jamais plus de nouvelles. J'avais presque oublié. Pour vous dire, je ne connaissais même pas son prénom. Et puis il y a trois mois sa mère est morte, et il a refait surface. J'allais lui donner de l'argent, mais il n'a pas voulu. Il m'a juste parlé de Guillaume, comme s'il le connaissait. De sa maison, de son bateau, de sa femme, de mon petit-fils. J'ai eu peur mais je n'ai rien dit. Ni à lui, ni à Guillaume, depuis trop longtemps j'ai enfoui ma faute sous le sable.

Une piste, enfin ! Le fils oublié, le « bâtard » selon les termes du père Nigel. Ses mots étaient durs, même pour un homme terrassé par ce soupçon de fratricide. Il semblait n'éprouver d'autre regret que de n'avoir pas su parer le coup. Pas de compassion, pas un mot pour cet enfant non reconnu qui avait vécu sans père auprès d'une femme bafouée, assez désespéré pour faire un criminel, pour se venger de son demi-frère, et à travers lui de son père. Ce fils s'était fait pressant. Il avait rencontré Paul Nigel une seule fois, chez lui, du côté d'Arromanches où il avait pris sa retraite, mais il avait dû traîner aussi à Hollebourg puisqu'il était visiblement bien renseigné sur Guillaume. Ensuite le père l'avait vu rôder à plusieurs reprises, il s'était senti menacé, lui, les siens, tout ce qu'il avait construit. Comment imaginer vengeance plus terrible envers un père inexistant que de pendre son fils. « Pas de miséricorde ! » Les mots prenaient tout leur sens. Une fois enfouie la faute de sa jeunesse, le vieux s'était évertué à vivre en brave homme, dévoué à sa femme pendant sa longue maladie, à son fils pour qu'il réussisse sa vie. Il avait su s'arranger avec sa conscience. Pourtant, il en avait des choses à se faire pardonner.

Ils allaient pouvoir se mettre au boulot. Un, le loger ; deux, le cueillir ; et, trois, fouiller tous les coins et les recoins de son existence, à cet Éric Dragonnard qui était né fin quatre-vingt-quatre à Saint-Lô et qui portait le nom de sa mère. Le père n'en savait pas plus.

~

Ils n'avaient rien trouvé de décisif dans cette boîte cartonnée qu'ils avaient découverte, à peine dissimulée au fond de l'unique placard de la remise. Elle contenait quelques papiers personnels, rien d'intime permettant d'éclairer sous un jour nouveau la vie du mort, rien de sensationnel. L'essentiel concernait les dispositions prises par Guillaume Nigel pour réaliser son projet de fusion avec Couthon : un dossier sur la pêche en bœuf, un autre sur la pêche hauturière et des perspectives d'investissements, d'amortissements, de remboursements… Mais pourquoi mis à part sa demande de crédit initiale et un double du dossier, aucune trace de ses échanges avec la banque ? Cet homme avait-il quelque chose à cacher ?

Et Bachelet avait fait fouiller à nouveau le refuge de Nigel. Derrière un des tasseaux soutenant l'unique étagère du placard, on avait déniché une feuille pliée en accordéon. La copie d'un courriel émanant de l'Océane de crédit sur lequel figurait au crayon rouge la mention « reçu le 24/10 », signé Rémi Jaquet. Celui-là même qui avait fait preuve de tant de zèle dans l'affaire Lacroix.

Cher Monsieur,

Je me permets de vous communiquer les informations suivantes afin que vous puissiez prendre toute disposition susceptible d'approvisionner votre compte. En ma qualité de directeur du contentieux, je vais récupérer votre dossier car votre situation risque de s'aggraver, la commission d'attribution s'apprêtant à rejeter un certain nombre de demandes de prêts, parmi lesquelles la vôtre ; la décision vous sera officiellement notifiée par courrier, sous huitaine.

Je prends sur moi d'informer un certain nombre de nos clients en situation délicate afin d'agir promptement. Je vous demande bien sûr de rester très discret, cette initiative déplairait à mes supérieurs, et nous risquerions tous les deux d'en subir les conséquences.

Je suis donc à votre disposition pour envisager avec vous une issue honorable à ce dossier.

Malheureusement, je suis en congés cette semaine et vous propose de nous rencontrer le lundi 31 octobre dès 9 h 00, dans mon bureau.

Votre dévoué
Rémi Jaquet

Bachelet s'était étonné de cette intervention déplacée, étrange et peu professionnelle. Il fallait que Jaquet s'en explique. Aussi avait-il appelé la banque. C'est Florent Salambo lui-même qui lui avait fourni une explication :

— L'initiative du service contentieux est peut-être regrettable, mais elle est très certainement imputable à une fausse information ou à une mauvaise interprétation. Laissez-moi le temps d'y voir plus clair, notre politique de crédit a été bouleversée ces derniers temps. Pour le reste, je vous prends rendez-vous avec mon directeur du contentieux, comme vous le souhaitez, dès lundi à neuf heures, car nous ne faisons pas le pont.

Concernant Nigel, cela ne changerait plus rien. On pouvait attendre.

~

Dès le départ du vieux Nigel, vers seize heures, Louise mobilisa son groupe pour fouiller la vie d'Éric Dragonnard et établir son profil. Sa position de demi-frère abandonné faisait évidemment de lui un sujet d'intérêt, mais c'est la découverte de son casier judiciaire qui en fit un suspect. Une condamnation à trois mois de prison avec sursis en octobre 2004 pour complicité de recel et trafic de pièces détachées automobiles, et surtout, en février 2006, six mois ferme pour vol qualifié et récidive. Le personnage prenait de l'épaisseur. Mars 1984, il naît deux mois avant son demi-frère Guillaume, à la maternité de l'hôpital de Saint-Lô. De père inconnu, il porte le nom de sa mère. Domicilié chez elle, 178 rue de l'Exode à Saint-Lô.

Ce fut là leur point de départ. Les services de la préfecture leur délivrèrent deux informations, l'adresse de son domicile actuel et celle de son employeur. Dragonnard résidait toujours rue de l'Exode et exerçait la profession d'ambulancier à l'hôpital de Saint-Lô depuis 2008. Louise prit immédiatement sa décision avec l'accord du juge d'instruction fraîchement saisi. Ramener le bonhomme à Hollebourg pour interrogatoire, si possible en douceur, en collaboration avec leurs collègues de Saint-Lô. S'il devait y avoir du grabuge, Sarah et Yann étaient tout désignés. Coulon, lui, était aussitôt entré en contact avec l'hôpital. Dragonnard était en récupération aujourd'hui et ne serait pas de garde ce week-end.

Puis revint la nuit et revint la pluie. On avait allumé les néons, et la ville et le port s'étaient fondus derrière les baies, dans les vapeurs de l'eau. Il leur fallait attendre. L'oiseau serait-il au nid ? Si oui, résisterait-il ? Elle n'y croyait pas. Coupable, il sera parti ! Dans ce cas Louise demanderait à ses lieutenants d'entamer sans délai une enquête de proximité.

Assez rapidement Bachelet put ébaucher le parcours et le profil du suspect grâce aux entretiens téléphoniques qu'il avait eu avec un conseiller pénitentiaire d'insertion et de probation, et deux directeurs de service à l'hôpital.

— Dragonnard a toujours vécu chez sa mère sans jamais changer d'adresse. Celle-ci a débuté comme femme de ménage à l'hôpital de Saint-Lô en 1981 et a suivi une formation d'aide-soignante un an après la naissance de son fils. Elle a conservé ce poste jusqu'à sa mort, il y a trois mois, après quarante-sept ans d'une vie d'usure et d'abnégation. Selon les termes de la responsable de son service, une femme en or mais taciturne, qui choyait son garçon. D'après le conseiller de probation, pour l'essentiel il est quand même resté livré à lui-même, et la scolarité n'a pas été brillante. Il a dû quitter l'école à seize ans. Jusqu'à ses vingt-deux ans, il vit des années sombres. De menus larcins, un ou deux vols de voiture, une consommation excessive d'alcool. Apprenti mécano quelques mois, il se fait virer. Puis il s'engage, passe ses permis et travaille dans un atelier de mécanique, mais l'armée l'encourage à revenir dans le civil. Dès lors il retourne à ses mauvaises fréquentations, à ses vols, à ses trafics. Et ce qui doit arriver arrive. À vingt ans il est condamné une première fois avec sursis, pour goûter à la prison ferme deux ans plus tard. Là, par miracle, la roue tourne. Lui qui est si mal parti tombe sur un conseiller d'insertion hors du commun. J'ai connu le bonhomme avant sa mort, il avait un taux de réussite exceptionnel. Ce genre d'homme qui comprend tout et ne passe rien. Il donne à Dragonnard le goût de l'effort, fait vibrer la corde sensible en l'orientant vers la mécanique, mais au service de l'hôpital où travaille sa mère, et surtout il sait lui imprimer le rejet de la prison. Et cela marche ! Il est ambulancier depuis quatre ans, sans un accroc.

Et pourtant ce garçon pouvait bel et bien être leur assassin ! D'autant qu'à Saint-Lô il était introuvable. Louise, incapable d'attendre, téléphona au juge d'instruction qui refusa le mandat de recherche, ce portrait de Dragonnard ne faisant pas de lui un suspect aux yeux de la loi. Il fallait encore creuser, continuer sur place l'enquête préliminaire, convoquer le bonhomme pour audition avec le statut de témoin, et tenter de le loger en surveillant son domicile.

Sarah rappela vers vingt heures. L'attente leur avait paru interminable. Pourtant aucun d'entre eux n'avait manifesté l'envie de quitter l'hôtel de police. Il en était toujours ainsi quand on pensait tenir quelque chose. À Saint-Lô ils avaient eu de la chance, un collègue proche de Dragonnard leur avait donné une information importante. Même si l'homme était assez secret, il n'avait pas réussi à cacher l'existence d'une certaine Sandrine Lepic qui vivait à Hollebourg et travaillait dans un salon de coiffure. Il la fréquentait depuis au moins deux ans et la rejoignait tous les week-ends.

Ils avaient là l'occasion de mettre la main sur Dragonnard, mais dans une heure ils n'auraient plus le droit d'intervenir, et tout serait remis au lendemain. En l'absence de Sarah, Coulon sauta sur l'occasion et se proposa pour accompagner sa patronne au domicile de la shampouineuse.

Ils traversèrent Hollebourg sous une pluie battante, et plus d'une fois Louise demanda à son lieutenant de lever le pied. À l'extrême sud de la ville ils entrèrent dans la toute nouvelle cité d'un quartier en plein chambardement et longèrent quelques immeubles de briques plongés dans le noir. Les Terre-Neuvats et les Hauturiers n'avaient pas encore fait leur plein de locataires. Ils cherchèrent le bâtiment six, puis Coulon freina brutalement au pied d'une bâtisse dont quelques fenêtres étaient éclairées. Ils pénétrèrent dans le hall d'entrée, trop grand et vide, qui résonnait de leur seule présence. L'ascenseur n'était pas en service. Dans l'escalier les murs sentaient la peinture fraîche, au deuxième étage le néon grésillait, et à la porte du numéro vingt-trois, le boîtier de la sonnette ne contenait que deux fils nus. Coulon saisit son arme qu'il tint cachée sous son blouson. C'est Louise qui frappa. Deux coups secs. Aussitôt elle s'écarta de la porte et, calmement, d'une voix qu'elle voulait douce et rassurante :

— Mademoiselle Lepic, capitaine Mattinen, police judiciaire.

Elle enchaîna :

— Rien de grave, ne vous inquiétez pas ! Pouvez-vous nous accorder quelques minutes ?

À l'intérieur, aucun bruit. Le néon rendit l'âme, mais la lumière de l'appartement filtrait sur le palier. Louise s'apprêtait à frapper à nouveau quand on entrebâilla la porte. Sandrine Lepic lui fit l'impression d'un petit chat écorché. La jeune fille essaya de retenir ses larmes :

— Il a eu un accident !

Discrètement, Coulon avait rangé son arme. Ils avaient été rassurants. Le témoignage de son compagnon était requis dans le cadre d'une enquête en cours. Ils reviendraient.

À peine dans l'escalier, Louise joignit le juge d'instruction. Dragonnard avait l'habitude de passer les week-ends chez sa petite amie à Hollebourg, il n'était pas de garde à l'hôpital, et la jeune fille l'attendait. Or à cette heure il était toujours introuvable, et on ne pouvait se permettre de le laisser filer. Cette fois le juge se laissa convaincre. Elle aurait son mandat de recherche, ses écoutes, la mise en place des dispositifs de surveillance à Saint-Lô comme à Hollebourg, la gendarmerie nationale, les gares, les aéroports et tout le tralala.

Mais seul le climat justifiait d'agir ainsi aux limites de la procédure, et le juge insista :

— Trouvez-moi au plus vite un mobile solide, un motif de tuer.

Elle n'a même pas été capable de garder son mari, cette idiote, répétait la tante à qui voulait l'entendre. Ah, il était bien loti avec une femme pareille, mon pauvre frère ! Dépensière, sans un sou à elle, précisait-elle encore. Est-ce sa faute à maman s'il nous a abandonnés un sinistre matin, elle et moi ? Complètement démunis, incapables d'affronter le monde, livrés au bon vouloir et à la toute-puissance de sa sœur qui prenait sa revanche, elle qui aurait tant voulu que son frère fasse un beau mariage et n'épouse pas cette bonne à tout faire. Y compris le polichinelle qu'elle avait dans le tiroir. Tout est de sa faute à lui. S'il nous avait choisis contre le gré de sa sœur, il n'avait pas le droit de nous laisser tomber. De nous laisser seuls avec elle, avec sa méchanceté. Comment a-t-il pu nous faire ça à nous ? À nous qui l'aimions tant. Il est lâche. Haïssable. Laisser maman ainsi, sans ressources, et moi à sa seule charge ! Combien de nuit l'ai-je entendue pleurer ? Combien de matin l'ai-je embrassée sur ses paupières gonflées ? Comme ce fut long de nous débarrasser de la tante pour ne plus endurer en silence ! Quelle patience il nous a fallu, quelle volonté pour que je puisse enfin assurer notre subsistance, gagner le droit de vivre notre vie à notre façon à nous, offrir à maman ce qu'elle méritait, rien qui ne soit trop beau pour elle. Maman qui s'est crevassé les mains, qui s'est ruiné les genoux à passer et repasser la serpillière sur des sols infects, qui s'est usé les yeux à ravauder sans lumière qui vaille. Elle qui s'est épuisé le cœur qui l'a lâchée. Économies, économies, économies ! Le mot que nous répétait ma tante comme si elle nous proposait là un art de vivre que nous ne saurions atteindre dans son meilleur des mondes. Le mot qui a hanté mes jours et mes nuits à la façon du moustique qui obsède sa proie. Même maman en avait fait son maître-mot. Il a dû en avaler des couleuvres, son fils qui a eu la malchance de grandir trop vite, sans jamais se remplumer pour autant. L'occasion pour la tante de l'accoutrer des vieux costumes de l'oncle qui exhalaient la naphtaline à force d'avoir ranci dans l'air vicié de ses placards. Et maman qui se tuait à lui rafistoler quelque chose de présentable. Avaler les couleuvres cuisinées par la tante, comme il vomissait celles concoctées par ses camarades de classe contre le tronc d'un tilleul à l'écart dans la cour du collège. Maman n'avait rien pu y faire, la tante l'avait séparée de son fils qu'elle avait mis en pension. Pour son bien à elle qui se tuait à vouloir le gâter. Pour son bien à lui qui traînait dans les jupes de sa mère à en devenir un inverti. Pas question d'une pareille infamie dans une famille dont le grand-père était mort à Verdun avec la croix de guerre. Tenir, serrer les dents, pour se faire au mieux mais au plus tôt une situation qui lui permettrait de reprendre maman avec lui, de la gâter enfin, de lui faire oublier ces années de chagrin et de honte, de réparer la capitulation de son père à lui, la désertion de son mari à elle, de changer de cap, de rebrousser chemin, de tout reprendre à zéro. Dans un nouveau monde créé rien que pour eux où rien ni personne ne saurait les faire pleurer.

SAMEDI 29 OCTOBRE

Le froid le réveilla, un froid tenace attisé par le vent qui soufflait par rafales au travers des fenêtres sans carreaux. Les nuages s'engouffraient dans les déchirures du ciel qui n'avait plus vu le bleu au matin depuis les premiers jours d'octobre.

L'homme avait passé la nuit dans un bâtiment toujours en construction de la cité des Terre-Neuvats, le sept, à la perpendiculaire du six. Il regarda sa montre. Huit heures ! Il avait dû s'endormir au petit matin à force de chercher une position tenable sur les cartons, qu'il avait dénichés dans la salle de bains en chantier, et son blouson qu'il avait roulé en guise d'oreiller après avoir alterné somnolences encombrées de cauchemars et réveils brutaux. Il était moulu, courbatu. Une bonne douche lui remettrait les abattis en place et la tête à l'endroit, mais ni l'eau ni l'électricité n'étaient encore branchées. Quelle nuit de galère ! Il peina à se mettre debout et en homme inquiet approcha de la fenêtre. La voiture banalisée qu'il avait repérée la veille au soir attendait toujours sous les fenêtres du bâtiment six. La pluie du moins avait cessé.

Éric Dragonnard, vingt-huit ans, bâtard par son père, orphelin par sa mère, moitié célibataire, moitié en ménage, recherché par la police de Hollebourg, en fuite. Il était arrivé vers dix-huit heures. Le samedi il avait l'habitude d'attendre chez Sandrine que celle-ci ait terminé son travail au salon. Ils buvaient un verre pour se détendre, puis sortaient. Mais cette fois il était venu en bus depuis la gare routière préférant ne pas se faire remarquer. Il avait traversé la cité à pied, sur ses gardes, avec en tête cette petite voix qu'il aurait tant voulu oublier, qui lui rappelait qu'il était en danger. Le risque était trop grand, il fallait renoncer à Sandrine, la tenir à l'écart. Instinctivement, il avait cherché un refuge et déniché cet appartement inachevé à proximité. Cela le rassurait de ne pas être loin d'elle, il trouverait bien un moyen de la voir, de lui parler, de lui dire qu'il l'aimait. Des mots qu'il avait tant de mal à prononcer. Même à sa mère chérie il n'avait jamais su témoigner son attachement, sa reconnaissance pour l'avoir élevé dignement, pour avoir tenté de toutes ses forces de lui faire oublier qu'il n'avait pas de père. Pire encore, que son géniteur n'avait pas daigné entendre parler de lui. Ce sont des choses bien sûr que l'on ne peut oublier, qui vous restent sur l'estomac comme un plat de fayots mal cuits et que l'on rumine comme dans la panse des vaches.

~

Vers une heure du matin alors que la nuit était très noire, Louise s'était réveillée une première fois, hantée par l'image d'un homme qui évoluait silencieusement à bord d'un kayak sur les eaux sombres d'une mer septentrionale, sous la menace de Turso[22]. Le rameur était sans visage. Elle avait fini par se rendormir en faisant son creux contre le corps puissant de Pekka. Quand celui-ci se leva tôt pour aller courir avec Sarah, Lovi vint secouer sa mère pour lui parler de Louhi qui l'avait tourmentée jusqu'au bout de la nuit. Louise avait admis que l'animal l'avait également tourmentée mais qu'elle avait entamé « la bagarre » avec lui.

Le jour s'éveillait avec son ciel en bataille et son air menaçant. Un instant, dans la grisaille ambiante, le petit déjeuner gourmand préparé par Pekka ménagea un coin de ciel bleu à Louise et à sa fille qui descendaient enfin. Mais le spectacle affligeant de ces nuages lourds roulant sur la mer assoupie effaça leurs sourires. Comme le froid dont on sentait la présence autour de la maison. Elles mangèrent en silence,

---

22 Turso : géant marin du Kalevala.

lentement, au rythme des éléments quand le vent a cessé. C'est Lovi, qui la première remarqua les deux silhouettes qui courraient vers la pointe. Une heure encore, et Pekka et Sarah seraient là.

~

Cette nuit, entre deux rêves agités Dragonnard avait ressassé cette question lancinante : où serais-je en sécurité ? Ici c'était grillé. Les flics, il avait donné. La prison, aussi. Il n'était pas question d'y rester. Ces flics qui n'allaient pas tarder, à force de l'attendre, à le débusquer dans ces carcasses inhabitées. Non, ils ne le cueilleraient pas aussi facilement. La traque, il connaissait, il ne se laisserait plus prendre. La veille il avait compris qu'ils tiendraient à l'interroger, qu'ils connaissaient son casier, qu'il fallait fuir Saint-Lô où il avait su recommencer sa vie sans répéter ces conneries que l'on faisait sans trop savoir comment, pour avoir compris trop tard pourquoi on les faisait. Il avait pris sa voiture pour filer chez Sandrine avant de réaliser en chemin que son numéro d'immatriculation pouvait être ciblé par la police. Il avait alors garé son vieux coupé Ford à l'abri des regards, dans un de ces bourgs qui jalonnent la route entre Saint-Lô et Hollebourg, et pris innocemment le car. C'était sans encombre qu'il était arrivé à destination. Mais ce matin il fallait encore tenir et se faire oublier. D'abord quitter les Terre-Neuvats avant que les flics, lassés de faire le pied de grue, ne se décident à explorer les bâtiments en chantier. Mais où aller ? La casse automobile des Martinets ? Pas celle de Robert, pour sûr, bien que ce soit tentant. Il y serait accueilli les bras ouverts, mais lui demander un service, c'était remercier à coup sûr. Et qui dit remercier, dit écouler quelques pièces à peine détachées d'une voiture tirée. Il ne fallait pas y penser, pas plus qu'aux Martinets à cause des chiens qui avaient les carcasses et les intrus à l'œil. Le cimetière alors ? Non, trop froid, et la pluie qui menace. Tout le contraire de ce qu'il avait vu dans ce reportage sur la Cité des morts au Caire, dans ce cimetière où les vivants le disputent aux morts en squattant les sépultures. Une façon comme une autre de résoudre la crise du logement. S'il savait où trouver un de ces blockhaus enfouis le long des côtes !

Allez, il doit décaniller. En plus il meurt de faim. Plus que deux, trois euros en poche et pas question d'utiliser sa carte de crédit. Elle pourrait le trahir, comme son téléphone portable. Reste le restaurant de l'hôpital à Hollebourg, avec sa carte professionnelle ! Bien qu'il y ait toujours un risque…

~

Lovi avait regagné sa chambre. Louise, après s'être réchauffée d'un grand pull blanc à la mode irlandaise et de grosses chaussettes de laine, se perdit dans les coussins du divan tout en prenant soin de vérifier les foncions de son portable. Pas le moindre coup de fil. Aujourd'hui il doit bouger, commettre une première erreur. Ce n'est tout de même pas un professionnel. Et puis eux aussi un jour ou l'autre finissent par craquer. Combien de temps résistera-t-il à la pression ? Peut-il s'échapper ?

Oui, il pourrait nous échapper, notre dispositif est faible, il n'y a jamais assez de police, assez de gendarmes. Mais non ! Rien n'est plus facile que de mettre la main sur un fuyard. L'homme fuit parce qu'il se sait recherché… instinctivement. Au bout de vingt-quatre heures, la fatigue aidant, il revêt naturellement la peau de l'homme traqué, il a peur, il présente les signes avant-coureurs de la paranoïa. Même dans la foule où il veut se perdre, il devient de plus en plus facile à repérer.

À moins qu'il ne cesse de bouger. Si c'est le cas, là, malgré lui, il entame sa mue et quitte la peau de l'homme qu'il n'est plus. Comme une bête il se pétrifie, aux aguets… L'effroi se lit dans ses yeux, il palpite de tout son être et il devient gibier. Ce qu'il faut avant tout, c'est échapper aux chiens, faire oublier son corps, son odeur, jusqu'à son ombre. À compter de cet instant il est foutu. Mais jusqu'à la fin, inéluctable, commandé par son seul instinct de survie il peut s'avérer dangereux. Pour les autres, pour lui-même.

En attendant, s'il décide de bouger, s'il veut continuer malgré tout à vivre comme un humain, il est contraint de dormir dans des endroits incroyables, de manger comme il peut, où il peut. Il se rassurera en se fondant dans le tumulte de la rue, seulement trahi par son regard inquiet. Mais dans tous les cas il devra chercher à rester au sec, au chaud.

Et cela peut durer. Nous ne sommes pas infaillibles. Chaque meurtrier est unique, il n'y a pas de règle. Dragonnard est jeune, pour l'instant il s'est avéré plus malin que ceux qui le recherchent. L'argent sera le nerf de la guerre. Les nerfs aussi, bien sûr. A-t-il été assez prévoyant ? A-t-il su organiser sa cavale ? Saura-t-il se ménager quelques moments de répit pour réfléchir et maîtriser son destin ? Un autre Luc en somme qui lui s'était volatilisé, se soustrayant ainsi à la justice.

~

Il est midi passé quand il quitte discrètement sa planque. La voiture banalisée garde toujours les lieux, côté rue seulement, et il se joue des flics en sortant du bâtiment côté jardin, par une fenêtre du rez-de-chaussée. Première chose, quoi qu'il en coûte, manger. Il a vraiment trop faim. Hier quand il s'est terré dans cet appartement inhabité, il n'avait rien prévu, il devait dîner avec Sandrine. Il n'a rien pris depuis près de vingt-quatre heures, et ce n'est pas dans ses habitudes. Son corps lui réclame de se nourrir à heures fixes. S'il ne trouve pas une solution, il va tomber dans les pommes, là, sur le bord d'un trottoir et se faire embarquer par les pompiers. Et ce sera l'engrenage, il a ses papiers sur lui, identification, arrestation, inculpation. D'abord prendre ses distances avec la cité, puis trouver un café qui ne paye pas de mine dans les faubourgs où il ne sera pas remarqué. De quoi se désaltérer, de quoi se nourrir. Et puis se réchauffer, se redonner une apparence dans les toilettes de cet établissement tout en restant prudent. Un programme raisonnable pour tenir debout !

Mais les choses ne sont pas si simples en ce début d'après-midi. L'homme qui voulait prendre sa journée en main, conscient des difficultés qui l'attendent, commence à se décourager. Certes les rues se font de plus en plus désertes, mais les cafés sont rares et on n'y mange pas. Seules quelques épiceries offrent encore leur triste étal de commerce de pauvres, mais l'homme s'est fait le serment de ne plus voler. Jamais. Pour couronner le tout la pluie se remet à tomber, crachouillant ses humeurs sous son col relevé. Les heures à venir s'étirent devant lui, sans but, sans escale, à en perdre le nord. Comment cela peut-il finir ? Il a le sentiment d'être déjà passé devant ce petit square. Quelqu'un croise son chemin et cherche son regard. Il va finir par se faire repérer. C'est idiot, il ferait mieux de rejoindre le centre-ville où on le remarquerait peut-être un peu moins au milieu de ses semblables. Les sans refuge, les sans boussole.

En chemin il trouve asile provisoirement dans une église où il est à l'abri de l'eau qui ruisselle au-dehors. Mais il n'est pas tout seul à en avoir l'idée. Un indigent de son espèce le rejoint sur son banc. Il a envie de parler, le bonhomme, de se répandre, alors que lui est plutôt taiseux, il veut trinquer en plus. Au retour du ciel bleu, au tiercé gagnant, à la fin de la guigne. Partager son litron de gros rouge qui empeste comme lui. Alors encore une fois Dragonnard quitte son refuge, les épaules basses. En se rapprochant d'un centre commercial, il croit voir un attroupement qu'il a aussitôt le réflexe de contourner, mais à y regarder de plus près il s'agit d'une file d'attente, bien formée, parfaitement disciplinée, de ces gens qui ont envie de se détendre un peu devant une comédie pour distraire ce samedi qui fait grise mine. Bien sûr l'homme n'a pas d'argent, mais par cette porte de côté où s'écoule du monde le sourire encore aux lèvres, il doit pouvoir entrer en s'excusant, en disant qu'il a oublié son bonnet, son écharpe, sa pudeur, sa détermination à ne plus jamais chaparder, même le droit de s'installer dans un fauteuil correct, le temps de se réchauffer, de faire le point.

Quand enfin il s'assit dans le fond de la salle, de côté, sur une rangée de trois sièges inoccupés, Dragonnard soupira d'aise. Il était entré sans encombre dans cette petite salle de multiplex négligée par l'ouvreuse et s'était directement rendu aux lavabos où il s'était rafraîchi. Il n'y avait pas d'eau chaude, mais le contact du froid sur sa peau mal rasée lui avait clarifié les idées. L'essentiel était de gagner du temps, de rester au chaud et au propre le plus longtemps possible et de réfléchir à un plan de survie. Il ne se laisserait plus jamais prendre. Et pour cela il devait quitter Hollebourg, sans donner signe de vie à Sandrine. Plus tard elle comprendrait. Il y allait de sa liberté, et donc de leur bonheur. Mais à peine installé dans l'obscurité, il s'endormit profondément d'un sommeil de brute pour ne se réveiller qu'à la fin de la séance, dans une lumière crue, brusquement exposé au regard des spectateurs qui vidaient puis remplissaient la salle.

Dragonnard l'avait échappé belle et il filait, filait, filait, aussi vite qu'il pouvait sous la pluie qui battait, sans plus réfléchir à son itinéraire ni à son futur refuge, là où ses jambes le portaient. Ses jambes qui le menaient vers le port à cette heure où s'estompe le jour et s'allument les réverbères. De pauvres taches jaunes dispersées dans le gris d'un ciel brouillé comme autant d'étoiles fantomatiques en bout de course.

Un bateau, n'importe où, n'importe lequel, plus aucune importance. Non, ce bateau, le bateau de son frère, *Le Conquérant* le bien nommé. Personne en vue, le chalutier était resté à quai, à l'écart de l'activité portuaire au plus bas en cette fin de samedi pluvieux. Pas de planton en vue. Seul un cordon jaune maladroitement accroché à l'entrée du bateau en interdisait l'accès. Ce fut un jeu d'enfant de se glisser dans la cabine après avoir fait sauter un cadenas.

Le carré sentait la sueur, l'humidité et le poisson mêlés. La faible lueur déclinante du jour permit encore à Dragonnard de mettre la main sur des boîtes de pâté et des bouteilles de bière qu'il put ouvrir à l'aide de son couteau suisse et qui lui fournirent l'occasion d'un véritable festin. Il s'étendit sur une banquette, puis se blottit sous un tas de cirés. Et pour la première fois depuis deux jours il se sentit en sécurité.

Avant que le sommeil ne l'enveloppe comme un épais brouillard il chaussait déjà le large tablier et les bottes de son frère, et dans une odeur de caoutchouc le suivait à la trace sur la mer que peuplent les poissons.

~

Sarah et Pekka avaient fini par s'arrêter de courir. L'une s'éternisait sous une douche froide pendant que l'autre s'affairait au sous-sol, en quête de son grill. Immanquablement l'on mangerait du saumon… Grillé ou brûlé, selon le vent.

Sarah refusa une première fois, puis finit par accepter de partager le saumon… brûlé. Elle n'avait pu résister au regard de Lovi. Pendant le repas Louise s'efforçait de participer au quadrille mais inéluctablement décrochait et en revenait à Dragonnard. Pourtant cet après-midi elle avait promis à sa fille – juré, craché, cochon qui s'en dédit – que cette fois elle irait avec elle à la Cité sous la mer. Loviïsa était en proie à une sorte de monomanie enfantine, elle ne désirait qu'une seule chose, qu'on la laissât tranquille en compagnie des pieuvres rouges à pois blancs. Leurs yeux globuleux la faisaient rire, et elle restait bouche bée devant la grâce de leurs déplacements. On avait bien tenté de l'intéresser à d'autres pensionnaires… mais peine perdue. Elle en revenait toujours à ces drôles de bestioles qu'elle aurait volontiers coiffées d'un chapeau melon, comme dans son livre.

À la fin du repas Louise luttait toujours contre l'envie irrépressible de s'en remettre une fois de plus à Pekka. Tout ce qui évoluait sur l'eau ou dans l'eau n'était-il pas de son domaine ? Et puis tous dans cette maison savaient pertinemment qu'elle ne supportait pas cette bête visqueuse à l'esprit tortueux qui n'avait pas le regard franc.

Heureusement Sarah vint à son secours. Elle savait que personne n'empêcherait Louise de se défiler pour ruminer à loisir, tandis que Lovi de son côté ne lâcherait rien. En quelques secondes l'affaire fut entendue. Lovi avec Sarah, moyennant une crêpe en sortant de l'aquarium et un dîner de raviolis en tête à tête, Pekka à ses oiseaux et Louise à ses coussins.

— Reconnaissance éternelle, chuchota Louise à Sarah au moment où celle-ci franchissait la porte.

Vers quinze heures une faible lueur avait déchiré le ciel, frappé aux carreaux et fini par réchauffer deux ou trois lames de parquet au pied du divan sur lequel Louise essayait de se détendre. Distraite de sa lecture elle laissa glisser son livre sur le sol, fut tentée par un petit somme, puis opta finalement pour une ballade sur la plage. À peine sortie, les nuages serraient à nouveau les rangs. Quand elle atteignit le rivage elle fut parcourue d'un frisson – le vent soufflait plus au nord – et quand enfin elle entreprit de longer la mer vers la pointe le ciel se referma. Encore quelques minutes et il s'assombrirait jusqu'à virer au noir pour déverser une de ces lâchies[23] dont ces côtes ont le secret. Louise se mit à courir et put atteindre les premiers argousiers sur la dune, juste avant la dégelée qui s'abattit d'un seul coup sur sa tête. Elle parcourut d'un bond la dizaine de mètres qui la séparait encore de la maison et entra par le garage. Revigorée, elle grimpa l'escalier et refit surface. Derrière les baies c'était le déluge, et la mer roulait de l'anthracite. Elle alluma les lampes.

Où, dans quel recoin, le fuyard assiste-t-il à ce spectacle ? Il doit le subir, recroquevillé, enterré, glacé. Elle au contraire en profite, en jouit, au chaud. Son moral va en être affecté, sa volonté de nous échapper va en être ébranlée… Elle ne doit plus penser à lui mais laisser aller les choses. À leur rythme !

Louise essaya de se fixer sur Pekka, sur Lovi, sur elle, sur leur vie, harmonieuse, sur son amitié avec Sarah, sur sa terreur de devoir

23 Vent et forte averse mêlés.

accepter un jour une hypothétique mutation. Mais rien n'y fit. Inlassablement, elle revenait à Dragonnard.

Après la pluie que fera-t-il ? Entamé, bousculé, à quoi pensera-t-il ? Que lui commandera son instinct de bête traquée ? Elle reprit son errance, vagabonda dans la tête du fuyard. Elle émettait des hypothèses, éliminait des options et dut réprimer à plusieurs reprises son envie de partir elle-même à sa recherche. Il avait fait preuve jusqu'alors d'assez de sang-froid et d'imagination, choisissant avec soin ses refuges. Malgré le froid, malgré la faim… il pouvait tenir encore un peu. Il lui suffisait d'un toit, et n'importe quel bâtiment pouvait faire l'affaire… Pourquoi pas cette étrange cité inachevée… ? Les Terre-Neuvats ! Dragonnard approche du domicile de son amie, réfléchit, se ravise, ou prend peur, et se cache à proximité… dans une cage d'escalier, une cave ou un de ces blocs déserts. Elle composa le numéro de la permanence et dépêcha une patrouille pour fouiller la cité. Elle se focalisa sur ces immeubles de briques, huit au total, des caches quasi idéales, confortables peut-être. Qui sait si le fuyard n'avait pas reçu un petit coup de pouce du destin, s'il n'avait pas assez dormi, assez mangé, s'il n'attendait pas, tranquillement, le départ de la police ? Il faut le déloger, l'empêcher de se reposer, l'obliger à fuir encore et toujours, jusqu'à l'épuisement. Finie la planque aux Terre-Neuvats !

Seize heures trente. Dans une heure, le retour de la nuit. Si propice aux cavales. L'attente sera longue. Sarah et Lovi rentreront tard. Mais que fait Pekka dehors avec ce temps de chien ? Il faut qu'elle bouge, qu'elle s'occupe… Mais c'est au-dessus de ses forces. Elle a les nerfs en pelote.

C'est le moment que choisit Pekka pour réapparaître. Il connaissait ces moments où Louise était en proie à ses démons, prisonnière d'un monde auquel ni lui ni Loviïsa n'avaient accès. Il voulait la séparer de Dragonnard, de Luc, de tous ses fuyards. L'obliger à interrompre cet exercice épuisant qui consiste à évoluer dans le cerveau de l'autre. Combattre les monstres qui emportaient Louise trop loin de lui. Il la prit par la main et l'entraîna dans leur chambre où il lui fit l'amour. Avec persuasion, avec force. Loviisa, elle, savait distraire Louise de l'emprise de Louhi par sa seule présence. Pekka était un guerrier et c'est en luttant qu'il la libérait de ses démons. Au fur et à mesure qu'il laissait libre cours à la violence de son sentiment amoureux, Louise perdait pied, toujours un peu plus, et aussi le fil de son histoire. Toute à son plaisir, elle abandonnait les fuyards. Elle finit par renoncer tout à fait, par se soumettre à l'étreinte. Son bonheur avait un visage, et c'était celui de Pekka.

Ce soir-là, une fois Lovi plongée dans ses rêves tentaculaires, Louise proposa une partie de dames chinoises agrémentée de quelques bières. Elle allait vaincre, comme d'habitude. À peine si avant de trouver le sommeil elle dut lutter contre une chose tapie dont elle chassa vite l'image. Elle dormit profondément et d'un seul trait.

DIMANCHE 30 OCTOBRE

Dragonnard se réveilla aux premières rumeurs du port. Il crut d'abord avoir dormi comme une masse, mais les images nocturnes de ses rêves défilaient dans son crâne pacifié. Son frère lui souriait, son frère l'emmenait à la pêche, son frère donnait un nom à chaque poisson qui s'agitait dans les filets en attendant de lui être présentés, chacun leur tour, comme à la procession. Et leur nom s'inscrivait dans les pensées d'Éric qui traversait les rues au volant de son chalutier toutes sirènes hurlantes vers l'hôpital où son frère devait être soigné. Devait être sauvé.

Quand enfin le soleil perça, Éric Dragonnard avait retrouvé ses esprits. Il lui apparut tout naturellement que le mieux était de se rendre de lui-même au commissariat. C'était une évidence. Il n'avait plus peur. De quoi aurait-il peur ?

~

Au matin vers sept heures trente, tout avait changé. Louise s'était levée tôt. Elle était reposée, disposée à suivre sereinement le cours des évènements. À peine ses pensées allaient-elles vers l'autre, le fuyard. À l'horizon le ciel encore très sombre semblait avoir implosé. Les nuages déchiquetés couraient vers le sud-est, et l'évidence d'un ciel plus clair s'imposait petit à petit. Elle ne se rappelait plus très précisément depuis quand elle n'avait plus vu de voilier lutter contre les courants dans ces eaux claires et sablonneuses, à force de cette alternance de rideaux de pluie et de brousse épaisse. Celui-ci devait dépasser les quarante pieds, car malgré la nuit qui paressait encore elle le distinguait bien. Une goélette qui naviguait sans feux, grand largue, vers les anses, plus au sud. À coup sûr pour se cacher du vent, plus dur, plus froid. Pour échapper à cette mauvaise mer hachée et écumante.

Elle alluma une seule lampe dans le coin cuisine pour préparer son café tout en observant la lente transformation du rivage qui hésitait encore à choisir son camp. Le jour ou la nuit. Ensuite viendrait le premier rai de lumière qui se poserait délicatement sur la mer, et si le ciel le voulait le soleil éclabousserait la plage tout entière et la maison. Mais si le vent forcissait encore l'éclaircie serait de courte durée. Et la pluie succéderait à la pluie. On ne pouvait se soustraire aux saisons. Si ce pays était si beau il le devait aussi à son climat difficile. Ici le soleil était pudique, souvent voilé, et brillait rarement avec ostentation, réchauffant délicatement les couleurs rares et profondes.

Le téléphone de Louise sonna. Plus de raison de le traquer, Dragonnard était au commissariat.

— Il vient d'arriver. On t'attend. La voix de Yan était assurée, l'information claire. Comme si cette subite reddition était dans l'ordre des choses.

Elle s'était attendue à tout. Réveiller Pekka et Lovi, ce qui n'était pas arrivé depuis un bout de temps, préparer le petit-déjeuner, courir. Mais pas à cela. Pas comme cela.

~

Au matin de ce dimanche froid mais ensoleillé, dans ce commissariat à moitié désert et si propice aux courants d'air, on craignait fort à cette heure la méchante humeur de Louise. Pourtant, à huit heures sonnantes elle apparut, souriante et plutôt enjouée.

La volte-face de Dragonnard leur simplifiait la vie. Quelque chose avait dû se produire qui avait cassé la résistance du fuyard. Mais Louise restait troublée par la façon dont cette poursuite s'était achevée. Il était temps de l'interroger. Tout en maintenant la touche enfoncée de son dictaphone elle donna le départ de ce drôle de marathon jusqu'à une possible garde à vue :

— Dimanche 30 octobre, huit heures quinze, audition de monsieur Dragonnard, Éric, interrogatoire mené par le lieutenant Sarah Atlan.

Louise s'assit un peu en retrait, de trois quarts, dans l'ombre. Elle préférait écouter les interrogatoires plutôt que les diriger. Pour observer, décrypter. Sans être vue. Elle ne quittait pas le suspect des yeux, et si l'impression qu'elle tentait de se forger était brouillée par les échanges elle disparaissait derrière la vitre sans tain et coupait le micro, une habitude qu'elle tenait de son mentor, le commissaire Lachaume[24].

L'œil aiguisé, Louise commença par envelopper du regard Éric Dragonnard, et puis elle le jaugea, lentement, en remontant des pieds à la tête. Là, elle le dévisagea en observant ses traits et, enfin, elle le fixa. Voici donc l'homme qui de sang-froid a tué son demi-frère, maquillé une scène de crime et brisé à jamais la vie de son père. Elle eut envie d'en rire et, comme si elle s'adressait à Lovi, dessina son portrait. Il avait le regard enjoué d'un oiseau mazouté. Il était jeune certes, mais tout fripé. Non pas en raison de ces dernières vingt-quatre heures, mais à la manière de ces drôles de chiens dont les chairs ne tiennent pas aux os. Trop de peau ! Tout à la fois grand, maigre et mou, il donnait l'étrange impression d'un personnage de carnaval. Un corps trop long sur lequel on aurait vissé la tête de Droopy[25] qui répète à l'envi de façon à s'en persuader : *...You don't know, but I'am happy*. Un vieux jeunard en quelque sorte, fermé à double tour et résolu à supporter le poids de la misère du monde. Assis sur cette chaise malcommode réservée aux interrogatoires, plié en trois, il formait un Z à l'envers. D'abord les jambes jointes, en arrière, loin sous la chaise, puis les cuisses tendues et les fesses en suspension, et le troisième pli enfin, son long buste penché, bien raide, au-dessus

24 *Cf. La Voix du sang*, *ibid.*

25 Héros de bande dessinée de Tex Avery.

de la table. Mais on était loin du vengeur masqué. Rien d'étonnant à ce que cet homme-là se soit rendu, comme cela, n'importe quand, n'importe comment, sans… panache. Lui, un assassin ? Et pourquoi non ! Car en matière de crime personne n'est exempté. Elle-même, sœur d'un assassin en cavale, était-elle si conforme à l'image que l'on se fait d'un capitaine de la PJ ?

Après les questions d'usage sur l'état-civil du témoin Sarah se fit plus pressante. Au fur et à mesure qu'elle entrait dans le vif du sujet le regard tranquille de Dragonnard se faisait plus inquiet. L'homme parut dérouté par le ton employé, puis replongeant dans son cauchemar il offrit le masque de la bête traquée. La peur était dans ses yeux. Il hésitait, s'empêtrait dans des explications compliquées en réponse à des questions simples. Il finit par se refermer, par se murer. Se taisant parfois longuement. Bousculé par Sarah il reprit ses explications. Péniblement. Laborieusement. Louise se leva et sans bruit se dirigea vers la porte. Au moment de l'ouvrir elle eut à l'adresse de son lieutenant le geste de l'entraîneur de basket qui signifie « temps mort ».

~

Comment avait-il pu croire que ce serait facile, qu'il suffirait de leur dire qu'à cause de son passé il avait pris peur, qu'il s'était caché, mais que finalement il avait pensé que le plus simple était de leur expliquer qu'il n'avait rien à voir là-dedans, qu'il était peut-être son demi-frère, mais qu'il ne le connaissait pas. À peine tracé, à peine entrevu, tout comme le vieux.

Mais cela il n'a pas su le dire. Il est entré, puis s'est présenté au premier venu – bonjour, je suis Éric Dragonnard, le frère du pendu. Cela suffisait pour commencer. Et voilà que le type s'énerve, comme s'il avait décroché la lune, et un collègue d'accourir, et les coups de fil de se multiplier, sans qu'il ait vu le coup venir. Pas le temps de souffler, on le pousse sur une chaise, on ne le quitte plus des yeux. Un jeunot qu'on appelle « lieutenant » se permet de le tutoyer. Ils ne sont pas prêts d'entendre le son de sa voix. En deux temps trois mouvements l'interrogatoire se précise, une femme prend le relais, aidée de son capitaine qui elle reste muette, mais observe. Comme s'il ne connaissait pas par cœur leurs trucs et leurs machins pour vous faire rendre vos mots, ceux qu'il ne sert à rien de dire parce qu'ils vont vous les passer à la moulinette de leur esprit tordu pour vous faire cracher ce que vous vouliez garder pour vous. Je suis fichu, emballé. Quoi que je leur dise ils ont déjà leur coupable. Après tout pourquoi pas ? Si cela leur chante.

Il est si difficile de leur tenir tête, la nana ne lâche pas son os, et le voilà qui s'embrouille, dans sa tête, dans ses mots, il bafouille, se reprend, dit une chose et son contraire. Ce matin tout lui paraissait clair, et maintenant c'est un désastre, il n'a qu'une envie, dormir, se coucher dans un coin, dormir et rêver à un monde moins moche où il aurait un père pour s'occuper de lui, une mère encore vivante et un frangin pour le tenir par la main. Qu'ils me fichent la paix !

~

Aux alentours de dix heures après cette première audition difficile, entrecoupée de pauses et de temps morts, la question de la garde à vue de Dragonnard s'était posée. Au bout du fil Robespierre avait répondu à Louise d'un seul mot : « J'arrive. » Une bonne occasion de se soustraire ainsi à ses obligations dominicales.

Si les policiers étaient convaincus d'obtenir des aveux à l'issue d'une garde à vue, celle-ci pourtant n'avait été accordée par le procureur qu'en raison de la grogne de la rue et du climat sulfureux qui régnait dans les antichambres.

— Vous paraissez dubitative, Capitaine…

— Je me pose simplement des questions, Commissaire.

Si son intuition lui commandait une certaine prudence, il fallait tout de même admettre que Dragonnard contribuait par son attitude à tracer les contours d'un meurtrier acceptable.

Le hic, comme le souligna Louise, c'est qu'il ne s'agissait pas seulement d'un meurtre mais d'une véritable exécution, nette, précise, ce qui impliquait un certain type d'assassin. Malgré toutes ces réserves Louise avait fini par se ranger aux arguments des magistrats et de son équipe. Et le demi-frère de sang de la victime, le bâtard, se vit notifier sa mise en garde à vue en même temps que ses droits.

À partir de là le groupe s'était renforcé, et les policiers s'étaient relayés dans la petite salle nue et chichement éclairée où se déroulaient les interrogatoires. Dragonnard, à la suite de tous ceux qui l'avaient précédé entre ces quatre murs, avait enduré la pression, apprécié les moments de répit, bénéficié de la compréhension de l'un et subi l'acharnement de l'autre. Il avait tout supporté, il avait traversé l'épreuve en homme fragile, tourmenté. Il n'avait rien cédé. Il avait scié sa branche bien sûr à force d'omissions, de refus devant l'obstacle, de mensonges, mais Louise discernait dans ses silences obstinés et caverneux un accent de sincérité. Il ne résistait pas, non, il se laissait aller à n'être qu'un poids mort.

Et la journée s'était étirée, lente et vaine. Au fur et à mesure que le ciel clair lâchait prise, pressé par des nuages menaçants, les policiers perdaient du terrain, le temps s'échappait, et avec lui l'espoir d'un aveu.

Pourquoi au juste a-t-il interrompu sa cavale – parce qu'il avait fui, elle en était certaine –, si ce n'est pour se lâcher ? Nom d'un chien, il doit finir par se répandre. Louise le fit réveiller et changea de décor. Dans le bureau plus solennel du commissaire elle décida de s'y coller à son tour pour le pousser à bout, le mettre à nu et en avoir le cœur net.

— Avec un nom pareil[26] et le régime auquel vous allez le soumettre, vous voyez juste, Louise, il finira par se convertir aux plaisirs de la confession.

Pas très sûre d'avoir compris ce que lui avait glissé Robespierre au moment de lui laisser la place, elle avait affecté un air entendu.

---

26 Évoque les dragonnades : conversions imposées aux protestants par la force à la fin du XVIIe siècle.

Elle avait fait asseoir le suspect au creux d'un fauteuil beaucoup trop large pour lui. Un léger crachin était apparu à la fenêtre avec la nuit. Il était vingt-et-une heures.

Et si elle le tenait enfin ce criminel en cavale, ce frère à elle qui avait tué sans réfléchir mais sans pitié un innocent sous prétexte qu'il se trouvait sur son chemin ? Jamais pris, jamais jugé.

Louise avait exercé la pression avec constance, avec méthode, sans rien négliger, et la position de Dragonnard n'était pas tenable. Sans alibi la nuit du meurtre il se défendait mal, ses explications concernant la journée et surtout la soirée du vendredi étaient brumeuses, peu convaincantes, et induisaient bel et bien une fuite. Ce jour-là cet homme qui manquait de fantaisie renonçait à ses habitudes et qui plus est à sa petite amie ? Et que dire de ces dernières trente-six heures qu'il était incapable de décrire avec justesse ? Il ne contestait rien. Surtout pas son hostilité envers son père ces dernières semaines, ni les allusions à son frère prodiguées au compte-goutte, comme pour mieux laisser sourdre ses menaces.

À vingt-deux heures trente, Louise déposa les armes. Il fallait prendre du recul. Tout le monde devait dormir, y compris Dragonnard dont elle espérait un sursaut dans l'esprit de sa reddition du matin.

Elle fut surprise de trouver Robespierre seul dans la salle des inspecteurs.

— Le problème, Commissaire, ce n'est pas l'alibi ou le mobile. Mes réserves concernent l'homme et sa nature profonde. Il est faible, il ne se défend pas. Pourtant il a parfois la force de l'innocence.

— Sauf que le choc psychologique suite à la mort de sa mère peut suffire à expliquer son geste. Après, il est dans l'ordre des choses qu'il se referme, mais entre-temps vous conviendrez, Louise, qu'il a très bien pu tuer. Et puis… il peut s'ouvrir à nouveau. Rentrez chez vous, on reprend à six heures.

Il la poussa doucement dans le couloir où œuvraient deux anonymes du ménage. Louise et Robespierre les saluèrent avec respect.

Maman vit maintenant chez elle, dans ses murs, où je l'ai installée à force de discipline, d'économie. Elle n'a plus besoin de travailler. Elle ne manque de rien. Mais c'est elle qui me manque puisqu'une fois encore nous avons dû nous séparer. Du moins l'avons-nous décidé ensemble. Et si notre bonheur d'être réunis n'a pas assez duré, il ne tient qu'à moi aujourd'hui d'aller la retrouver. Seulement il faut d'abord que je la venge. Que je m'occupe du lâche, que je le fasse payer. Je n'ai plus de temps à perdre, plus de temps à attendre le coup de pouce du destin. Le bon ordre à venir repose sur mes seules épaules, dans mes seules mains qui font le sale boulot. Et il le faut si je veux retrouver maman. Au plus vite, au plus tôt. Bientôt rien ne nous empêchera plus de vivre sous le même toit. Mais pour l'heure je ne dois pas me laisser distraire. Car j'ai beau tout planifier, tout préparer dans les moindres détails, il ne faudrait pas que le hasard y mette son grain de sable. Heureusement ma volonté est toujours la plus forte car j'ai horreur de changer mes plans à la dernière minute. J'aime le travail soigné, l'ordre, les préparatifs qui le précèdent… La marque de la dignité. Je déteste que l'on vienne perturber et salir mon dessein. C'est pénible, insupportable. Et il n'est pas question d'abandonner. Je ne le peux pas. Il m'est interdit de déroger, maman ne le supporterait pas. Je la sens bien la vindicte qui monte, la colère de ces lâches qui gronde à chaque disparition de l'un d'entre eux. S'il le faut, j'exterminerai la horde. Ça prendra du temps, mais rien ni personne ne m'empêchera d'accomplir ma mission. La corde pour tous ceux qui se dresseront sur mon chemin. Amen !

MATIN DU LUNDI 31 OCTOBRE

Comme tous les matins vers cinq heures, Le Boucanier ferma ses portes, et une poignée de matelots fut jetée à la rue comme on secoue des miettes. Un éclat de voix, deux éclats de rire, et les jeunes hommes se perdirent dans la brousse épaisse. Avançant avec précaution sur les pavés mouillés, Tipolo franchissait chaque amarre, lentement, levant les pieds très haut. La mer commençait à peine à remonter, et, fanfaronnant, il défiait les trois ou quatre mètres d'à-pic à l'aplomb des bateaux rangés le long du quai. On devinait à peine le faîte des mâtures, des perches et des antennes émergeant de la brume, alignement de ferrailles hostiles en suspension. Avant un premier embarquement hauturier, la tradition voulait que l'on arrose le départ en organisant une virée entre bleus, et hier on avait fini par échouer dans ce bar à marins où l'on pouvait boire et danser jusqu'au petit matin. Quelle « murgée » du tonnerre, pensa-t-il ! Il faudrait remettre ça pour fêter le retour, et puis d'autres départs et encore des retours… Les franchissements d'obstacle devenaient de plus en plus hasardeux, de plus en plus périlleux. Tipolo s'écarta du bord et fit une halte. Il avait besoin de reprendre ses esprits. Le silence était lourd et l'air chargé d'humidité. Il urina longuement, sans s'écarter du milieu du quai où il s'était planté, puis il reprit son chemin, accompagné des seules lamentations d'un chien errant et de la corne de brume. Au dernier moment il avait renoncé à son lit et pris la direction du bateau, lâchant là ses copains. Le rendez-vous du matin était fixé à neuf heures précises, et il n'était pas question d'être en retard. Le patron serait à bord dès sept heures avec trois pêcheurs et surveillerait les préparatifs. Les provisions à charger, les chaluts à installer, les caisses et les postes de travail à répartir. Ensuite ils iraient faire le plein, avant de se ranger le long du quai de départ, amarres simples et diesels au ralenti. Il arriverait avec l'autre moitié de l'équipage, au dernier moment, et ils partiraient enfin, deux heures trente avant la haute mer. Le chenal, étroit et profond, le bateau à aligner entre les feux, et puis le large, vers le nord et les grands fonds. Une semaine entière, loin des côtes. Les copains lui avaient tout raconté, dix, vingt fois, entre deux bières.

La porte d'un vieil hangar était ouverte. Il décida d'entrer, pour cuver, pour dormir un peu en attendant l'embarquement.

~

Chacun avait arraché un peu de sommeil à la nuit, et celui de Louise fut agité, ses démons ayant repris le dessus. Au petit matin la brousse était revenue. Jusque dans sa tête. Cinq heures et demie, ciel et café noirs. Plus que deux heures avant la fin de la garde à vue.

Louise refit la route dans le brouillard et sous le crachin pour atteindre Hollebourg. Elle laissa la voiture glisser le long des quais, silencieusement, vitre baissée, pour mieux écouter la complainte de la corne de brume. Seul ce chant sinistre, cette ponctuation régulière et grave, donnait du relief à ce monde en suspend – comme la canne blanche rassure l'aveugle, pensa-t-elle.

À l'hôtel de police régnait cette atmosphère engourdie du petit matin que rythme le déclenchement de la machine à café. À la lumière d'un néon sans pitié, le visage de Dragonnard ravagé par une nuit sans sommeil apparut à Louise encore plus blême, plus creusé que la veille. Et l'interrogatoire reprit. Et aux questions, aux injonctions, aux évidences il opposait son seul silence borné qui les exaspérait.

Un mobile évident, pas d'alibi, et toujours pas d'aveux ! Le procureur s'en étonna mais décida de ne rien faire. Il eut été irresponsable de relâcher leur seul suspect au regard du climat actuel.

~

Depuis jeudi dernier la tension était palpable partout dans la ville. Sous la halle du marché couvert, dans les cafés ou chez les commerçants, dans les files d'attente, on ne parlait plus à Hollebourg que de légitime colère, de nécessaire défense de la profession, d'autres débordements à venir, prévisibles, inéluctables… Et il était largement question d'incurie administrative et d'incapacité policière. Une certaine presse, désireuse de faire son beurre sur le dos de ses lecteurs les plus crédules, avait même fini par convaincre son public que la police mentait, n'avouant qu'un seul meurtre, et que les trois « soi-disant suicides » marquaient le début d'une vague d'assassinats qu'elle serait incapable d'endiguer. Panique, colère, détermination… le cocktail était explosif, et les nouveaux évènements du week-end avaient confirmé toutes les craintes. Alertée par la rumeur qu'une bonne vingtaine de marins pêcheurs se seraient organisée en groupe d'autodéfense, la police avait augmenté la fréquence des rondes de nuit sur le port. Mais comment faire contre une poignée d'hommes organisés et solidaires ? Pouvait-on empêcher les promenades nocturnes et décréter un couvre-feu ? Aucune des solutions envisagées n'était satisfaisante.

Et ce que l'on redoutait s'était produit dans la nuit du samedi au dimanche, soit trois jours à peine après la mort de Nigel. Un homme d'une soixantaine d'années avait eu la mauvaise idée ce soir-là, après un repas arrosé avec quelques amis, de longer seul les quais pour regagner son domicile situé de l'autre côté du port. Depuis le restaurant qu'il venait de quitter et au fur et à mesure qu'il s'enfonçait dans la pénombre, il s'était persuadé d'une présence dans son dos. Puis avait fini par repérer deux hommes, armés de bâtons, qui visiblement le suivaient. Erreur fatale, il s'était mis à courir… devant lui, sans réfléchir, et, aveuglé par la panique, avait plongé au cœur des infrastructures portuaires. Le noir profond de la zone et une bonne connaissance du terrain avaient permis à ses poursuivants de lui tomber dessus au détour d'un hangar. Deux heures plus tard une patrouille avait retrouvé son corps… inerte.

Le nez, une jambe et trois côtes brisées, l'homme avait été violemment pris à partie. Huit heures après un début d'hémorragie interne, enfin hors de danger mais en piteux état, il s'était confié tant bien que mal au lieutenant Coulon venu prendre sa déposition. Mais ce jeune retraité de l'Éducation nationale n'était pas en mesure d'identifier ses agresseurs.

La réaction du procureur avait été réfléchie, responsable et solidaire des efforts de la police. Respectueux de la sympathie de l'opinion publique pour les pêcheurs et soucieux de prévenir tout dérapage et amalgame, il avait concocté un communiqué empreint de mesure tout en engageant une procédure dès le dimanche matin. Il s'agissait de ne pas attiser le feu en stigmatisant la profession.

Le préfet, lui, était en première ligne et n'y était pas allé par quatre chemins. Une fois de plus l'ordre public avait été piétiné. Et de quelle façon ! En présence des journalistes il avait été à deux doigts de dénoncer les insuffisances de la police et, en privé, il n'avait pas pris de gant pour menacer directement le commissaire et sa brigade. Il n'était plus question de gérer quelques dérapages, mais bien de faire face à la détermination d'une fraction de la population meurtrie et violente – elle venait de le prouver. Le préfet avait grand ouvert son parapluie en évoquant la possibilité de mobiliser une compagnie de CRS, si nécessaire.

~

À neuf heures précises, Florent Salambo, le directeur de l'Océane de crédit, appela le commissariat. Il ressortait de ses propos quelque peu embrouillés, inspirés sans doute par le souci de dédouaner son établissement, que Rémi Jaquet, le directeur du contentieux, n'était pas encore arrivé bien qu'on l'attendît dès huit heures trente, que cela ne lui ressemblait pas, mais que, bien sûr, tout serait fait pour honorer au plus tôt ce rendez-vous avec le capitaine Mattinen. Il faisait du zèle, le directeur, il n'avait pas envie que la banque soit mouillée. Mais là n'était plus la priorité. « On patiente », lui avait répondu laconiquement Bachelet.

Puis Louise reprit l'interrogatoire de Dragonnard. À vrai dire, elle n'en attendait plus grand-chose. Elle avait le sentiment que seul l'avenir leur donnerait tort ou raison, qu'en l'espèce, à cette heure, ils ne contrôlaient rien, qu'ils n'étaient que le jouet des éléments par gros temps. Mais elle se trompait et le réalisa dès son entrée.

Il avait redressé le dos, il avait redressé la tête et la regardait droit dans les yeux. Il allait risquer son va-tout. Il lui laissa à peine énoncer le jour et l'heure de ce énième interrogatoire pour prendre la parole, d'une voix un peu étouffée, reprenant à peine son souffle, comme pour ne pas perdre le fil, ne pas se laisser distraire de tout ce qu'il avait sur le cœur depuis pas mal de temps. Les années galère, la rencontre d'un homme qui l'avait guéri du poison de la rancœur, la peine de prison qui lui collerait à jamais à la peau, son désarroi à la mort de sa mère, ses tentatives maladroites pour retrouver un père et un frère, et leur rejet. Ce qui ne faisait pas de lui un assassin. Il était venu de lui-même hier matin au poste de police pour leur raconter tout cela, mais ils ne lui en avaient pas laissé l'opportunité en lui crachant leur suspicion à la figure. Alors, à quoi bon ? Mais soudainement il avait repensé à sa mère et à son tuteur, tous les deux disparus. À Sandrine qui elle aussi avait confiance en lui. Il n'était pas coupable. Il était innocent, voilà tout. Même s'il s'était caché vingt-quatre heures, même s'il n'avait pas d'alibi pour la nuit où l'on avait pendu son frère.

Louise avait su qu'il disait vrai et avait fait part de sa conviction à la brigade. Dragonnard était innocent. Au fond, elle n'avait jamais été persuadée de sa culpabilité, et le suspect idéal faisait rarement le criminel. Quelques heures encore, et il se serait dépatouillé de ce merdier dans lequel il s'était embourbé.

Quand elle avait quitté la salle d'interrogatoire, puis l'hôtel de police, elle avait déjà chassé le fuyard de son esprit. Elle avait besoin de marcher un peu, de se remettre à chercher. Ailleurs, autrement.

~

Le directeur de la banque téléphona pour la seconde fois au commissariat vers onze heures. Non seulement Jaquet n'était toujours pas arrivé – cela ferait bientôt trois heures qu'on l'attendait – mais il ne répondait pas au téléphone et n'était pas chez lui. Or tout le monde avait besoin, et le directeur le premier, d'éclaircissements sur sa pratique singulière. C'est ainsi que Salambo avait décidé, voilà une heure, d'ouvrir l'ordinateur de son directeur du contentieux – il en avait le droit.

— Vous savez, Capitaine, avait-il confié à Bachelet qui jusqu'ici l'écoutait d'une oreille distraite, j'ai eu le loisir d'y réfléchir toute la journée d'hier et plus le temps passait, plus je me demandais à partir de quels éléments Rémi Jaquet avait pu rédiger ce fameux courriel à monsieur Nigel. Et en ces termes. Je viens de prendre mes renseignements auprès de notre maison mère, il n'a jamais été question de refus de prêt, et je ne comprends pas sur quelles bases le contentieux s'est fondé pour alarmer notre client. En outre, en agissant ainsi il va à l'encontre de nos récentes directives. Faute d'explications je suis préoccupé, d'autant plus que je ne trouve aucune trace de ce courriel dans son ordinateur. Les professionnels de la pêche sont les principaux clients de notre établissement, et nous avons tout intérêt à ce que la lumière soit faite rapidement. Nous ne pouvons couvrir ce type d'agissements irresponsables.

En l'absence de Louise, Bachelet avait dépêché sur les lieux Le Guen flanqué de Ly Lan pour en faire dire un peu plus à cet ordinateur, sans autre forme de procès puisque le directeur de l'Océane les avait devancés. Et en attendant le retour de leur chef de groupe, il s'était replongé dans ses dossiers. Si, comme le pensait le directeur de la banque, il n'était plus question d'une erreur d'interprétation, il n'était pas interdit de croire à un acte délibéré de ce Jaquet. Donc, il n'était pas interdit non plus de reconsidérer l'enquête. Dans ce cas, la piste du bâtard devrait effectivement être abandonnée, comme le préconisait Louise.

~

Pendant ce temps et sans scrupule, celle-ci avait pris le loisir de respirer un peu de l'air du large. Un pas en amenant un autre, elle s'était retrouvée sur le Grand Ban, la plage qui abordait au centre-ville de Hollebourg. Et sous la bruine qui lui picotait les yeux elle avait pris plaisir à marcher.

~

La marée était montante et léchait en chuintant les dépôts d'algues de la nuit. Quelques chiens en liberté se poursuivaient en courant sur la grève, et de temps à autre un ordre lancé d'une voix claire les rappelait à leur maître. Louise avait eu envie de mettre une main dans l'eau. Pour prendre la température, disait-elle quand elle était gamine. C'était cela, jusqu'à présent ils s'étaient contentés de prendre la température de la ville, du climat social, des forces en présence, des petits et des gros, des victimes enfin. Mais ils n'étaient qu'au début de l'enquête, ils n'avaient rien vu venir – ni compris, semble-t-il. Trop de gens ballottés, les marins empêtrés dans leurs dettes comme dans les mailles de leurs filets, la milice enfermée dans l'engrenage de la violence en réaction à son impuissance, Dragonnard rattrapé par son passé, et la brigade qui n'avait collé qu'à la personnalité des pendus et aux raisons qu'ils avaient de se perdre. Ne fallait-il pas plutôt essayer de chercher dans cette succession de faillites et de morts quelque chose venu de plus haut, appartenant à un ordre préétabli auquel ils n'avaient pas encore eu accès, l'œuvre d'un stratège, la signature d'un démon ?

~

Ly Lan aimait bien travailler avec Yann Le Guen, mais celui-ci n'avait d'yeux que pour Sarah. Tant pis, à défaut il faisait un grand frère de bon aloi, toujours prêt à lui expliquer les ficelles du métier sans prendre de grands airs, comme le faisait Bastien. En outre, leur complicité se nourrissait de ce qu'il était aussi bretonnant qu'elle était auvergnate. Jusqu'au bout des ongles.

Le directeur de L'Océane de crédit les accueillit avec courtoisie, sans doute un peu désarçonné par le faux bond des deux capitaines de l'équipe, mais le lieutenant Le Guen eut vite fait de le rassurer sur les capacités et les intentions de leur tandem. En installant les deux policiers dans le bureau de Rémi Jaquet, Salambo ne put s'empêcher de vanter les mérites de son directeur du contentieux. C'était un homme discret, pointilleux, efficace, comme il convient à son état, un employé modèle pour ainsi dire, peut-être un peu trop réservé. Mais pouvait-on le lui reprocher à l'heure du sans-gêne généralisé ? En revanche, la maison mère n'avait jamais eu l'intention de refuser la demande de prêt de Guillaume Nigel. Si l'on reprenait les quatre victimes de pendaison, seuls Eugène Lacroix et Robert Mazoué figuraient au précontentieux. Dans le dossier papier du premier, il y avait en effet une copie du refus de prêt qui provenait bien du service concerné, confirmé par le directeur, plus la proposition de refinancement aux conditions que l'on sait – Salambo leur rappela que les directives de la maison mère étaient alors très sévères. Dans celui du second, une lettre signée de Jaquet, plutôt courtoise compte tenu du climat.

Ly Lan ouvrit enfin l'ordinateur et n'y trouva rien d'anormal ni d'extraordinaire, si ce n'est l'extrême rigueur avec laquelle le rangement des dossiers était organisé. Les dossiers informatiques de Jaquet correspondaient logiquement aux dossiers papier du contentieux. Cependant, dans celui de Nigel, il n'y avait aucune trace du courriel dont on avait trouvé la copie dans la remise.

Le Guen appela Bachelet. Ils avaient besoin de l'autorisation de Robespierre pour fouiller plus avant, bien que Salambo ne s'y opposât pas le moins du monde, bien au contraire, tout à son désir de se désolidariser des pratiques douteuses de son directeur du contentieux.

Pragmatique, le commissaire avait donné son feu vert, à condition que Ly Lan ne laissât pas de trace et que Salambo restât le témoin de cette exploration. Il savait qu'elle était capable de dénicher les dossiers les mieux protégés. Les secrets les mieux gardés.

~

Avant d'aborder l'ultime montée, Louise entra chez Anquetil. Elle avait envie de se régaler d'un demi bien tiré, d'une bière bien fraîche. À Bachelet, elle confia au téléphone qu'elle s'était réfugiée au fond de la salle du restaurant. Un jeune commis de cuisine venait de déposer sur une table de quatre un plat fumant. L'odeur aigrelette de la terre mouillée et du lait frais écumant sorti de l'étable saturait l'air de la salle déserte. Onze heures trente avaient sonné l'heure du repas du personnel. Anquetil avant d'aller s'asseoir déposa une coupelle de gratin de pommes de terre sur la table de Louise.

— « Le critérium du Dauphiné », annonça-t-il. La bleue est un peu sucrée, c'est parfait avec l'amertume de la bière.

Elle le remercia d'un sourire, encore perdue dans ses pensées, plus sensible à son attention qu'aux subtilités du mariage des saveurs.

— Une autre coupelle, lança le patron à l'adresse de la cuisine. Bachelet venait de faire son entrée.

— Qu'est ce qui t'arrive, Clément ? Tu désertes ta forteresse ?

— Non ! Mais toi, tu contournes l'obstacle… Que doit-on faire de Dragonnard ? Il est temps que tu préviennes le juge.

Louise mangeait mécaniquement et, si elle prenait du plaisir, elle le cachait bien.

— Nous avons perdu du temps, Clément, nous nous sommes fourvoyés. Je l'ai pressenti depuis le début, même si moi aussi j'ai cédé à l'évidence. Mais pourquoi ce con a-t-il agi ainsi ? Il nous a foutus dedans… C'est de ma faute, j'aurais dû me fier à mon intuition.

— Bla-bla-bla… Arrête, on ne pouvait agir autrement. Ceci dit, j'étais surtout venu t'annoncer que, côté banque, l'on a du nouveau et que ça mérite que l'on s'y intéresse.

~

Sur la table le téléphone de Louise n'avait vibré qu'une fois. Robespierre avait mis fin à leur escapade. On venait de signaler la disparition d'un jeune marin.

Il était midi quand le groupe se réunit dans le bureau du commissaire. Ly Lan et Le Guen étaient toujours à la banque.

Le marin s'appelait Tipolo. Un copain, son colocataire, matelot marin-pêcheur comme lui, avait appelé un peu après onze heures trente.

Le commissaire lui-même, plus grave que de coutume, leur résuma les évènements, sans fioritures, s'abstenant de ces commentaires aigres ou de ces réflexions lourdes de sens dont le seul but est de mettre la pression. Il avait observé son chef de groupe et la savait concentrée, tendue comme un arc.

Le patron de Paul Taillant, surnommé Tipolo, avait laissé un message incendiaire sur le répondeur de leur téléphone fixe. Kevin Malot, c'était le nom du colocataire, s'était levé tard, vers onze heures, et avait tout de suite remarqué la petite lumière rouge qui clignotait. Tipolo n'était pas à l'embarquement du matin prévu à neuf heures. La première pensée du jeune Kevin fut de croire que son copain ne s'était pas réveillé et qu'il cuvait sa bière dans un coin – ils avaient fait une virée la veille. Il n'avait pas pu dormir sur le bateau puisque celui-ci était parti sans lui, il fallait donc le chercher dans un hangar désaffecté à proximité de son quai d'embarquement. Ce qu'avaient fait les amis de Tipolo. Jusque-là sans résultat.

Et Robespierre conclut :

— On a déjà la famille et la profession sur le dos, la moitié de la ville dans la rue et maintenant des gamins qui arpentent le port malgré mes recommandations. Il faut nous remettre de l'ordre, Louise, retrouvez-moi ce môme avant que la milice ne s'en mêle.

Mais à peine la réunion terminée, le téléphone sonna dans un bureau voisin. Dans le couloir, un collègue se pressait à leur rencontre. Les jeunes avaient fini par trouver Tipolo. Mort… Pendu. La cinquième victime avait à peine dix-neuf ans.

~

Louise ignorait la façon de conduire brutale et puérile de Coulon. Qu'il roule beaucoup trop vite et sirène hurlante si cela lui chante, elle avait hâte d'en découdre avec ce nouveau crime, hâte de se coltiner le cadavre, hâte de se retrouver au cœur des évènements et de l'action pour se départir de ce sentiment nauséeux qui la submergeait depuis l'annonce d'une cinquième victime. Elle aurait dû agir autrement et se reprochait d'avoir négligé la première alarme dans la salle d'interrogatoire. Quand elle l'avait vu pour la première fois, après ces vingt-quatre heures où il lui avait collé à la peau, elle s'était attendue à affronter l'archétype de l'assassin en fuite. Or c'était l'image dérisoire d'un homme à côté de la plaque qui s'était imposée. Dès le premier regard. Mais trop obstinément en quête du fuyard, elle n'avait pas laissé de place à son intuition. Elle avait déserté les sentiers sous-marins qu'elle affectionnait. Il aurait mieux valu laisser à la brigade le soin d'en finir avec la piste Dragonnard.

Le hangar dans lequel Louise avait pénétré était encore plus délabré, plus sinistre qu'elle ne l'aurait imaginé. Il cédait à l'abandon, en retrait des zones d'activités portuaires. Au bout d'une des poutrelles métalliques d'un berceau de cale sèche pendait le jeune corps inerte du gamin – provocant et déplacé. Louise fut frappée par sa position. Les bras le long du corps, la tête très droite, tirée en arrière à cause de la pression exercée par une grosse aussière dont on avait fait quatre à cinq tours autour du cou, la victime, torse nu, faisait face, droite, raide, le côté gauche du visage noirci de trop de sang séché. L'urgentiste de service fut catégorique. Le simulacre de pendaison n'était pas à l'origine de la mort qui devait remonter à au moins quatre ou cinq heures. Une plaie conséquente et un enfoncement de la boîte crânienne au niveau de la tempe gauche de la victime témoignaient de la violence des coups portés à la tête et de l'acharnement du meurtrier. En outre, l'avant-bras droit était entaillé assez profondément sur une quinzaine de centimètres. Aucune marque de lutte, pas une seule trace de sang au sol, aucun objet, aucun symbole. Juste le corps de ce jeune homme au visage ensanglanté.

Louise attendit le légiste sur place et se refusa à rejoindre le commissariat tant que les conditions et le lieu de la mort n'étaient pas clairement établis. Elle sortit un moment et remarqua derrière le ruban jaune quelques grappillons de curieux bordés par une poignée de gendarmes. Elle appela Bachelet pour lui faire part de ses premières observations, bien sûr, mais surtout pour ne pas perdre de temps. Elle pressentait que le gamin avait été tué ailleurs et que le corps avait été transporté. Il fallait vite obtenir des renseignements précis sur le bateau, son nom et son quai d'amarrage, il fallait mobiliser du monde et commencer à chercher. D'autres traces, d'autres indices. Quand elle eut raccroché, elle se retourna et aperçut le légiste. Avant de le rejoindre elle eut un regard circulaire au-delà du ruban. De nouveaux quidams s'étaient ajoutés aux premiers curieux malgré la pluie, malgré le froid. Et le plus remarquable, le plus inquiétant, était le silence qui régnait dans leurs rangs. On n'entendait que le clapotement mou de l'eau sur les pavés. Et dans le regard de Louise, des oiseaux venaient se poser petit à petit sur les portiques d'une cour d'école, jusqu'à former une horde menaçante. Elle reprit son téléphone et demanda des renforts.

Le légiste avait confirmé les premières observations du médecin. L'assassin s'était effectivement acharné sur sa victime alors que le premier coup avait été fatal. Il avait littéralement martelé une pierre, un mur, un socle, une poutre… avec la tête de la victime. Puis il avait dû déplacer le corps. Restait à savoir où il avait laissé libre cours à cette sauvagerie.

~

Il était quatorze heures. Robespierre avait laissé à son capitaine la conduite des opérations. Louise trancha. Une façon à elle d'apaiser sa colère. Avant toute chose, trouver le lieu du crime – Coulon avec un peloton de gendarmerie fera très bien l'affaire. Puis, en l'absence de preuves et d'aveux, mais surtout en présence de ce nouveau meurtre, lever la garde à vue de Dragonnard et rendre sa liberté à ce coupable mal fagoté. Sous contrôle judiciaire ou non, ce n'était plus son affaire. Au parquet de prendre ses responsabilités, à Robespierre d'arracher au juge la commission rogatoire permettant de saisir l'ordinateur professionnel du banquier fantôme et de perquisitionner à son domicile. Là, le terrain était en friche. Elle ne savait où cette piste les mènerait mais du moins leur permettrait-elle d'explorer des contrées jusqu'alors négligées. Un mobile plus tordu, une relation du meurtrier à sa victime plus complexe, loin des sentiers battus du crime passionnel. Louise n'avait jamais été très à l'aise avec le passionnel. Sans doute devait-elle se garder de ses affects pour maintenir le cap, ne pas prendre parti. Se laisser aveugler. Heureusement, il y avait Clément… Si elle s'abandonnait à ses sentiments ou à son émotion, il la replaçait sur les rails, dans le sens de l'enquête.

Assise à son bureau, elle avait à peine conscience de la présence de Bachelet qui l'observait en silence. Elle esquissait le portrait non plus d'un meurtrier occasionnel, mais d'un véritable assassin, habile et déterminé à tuer. Agissant avec une violence démesurée – la Scientifique était formelle. Sans doute sous l'emprise de la colère.

Alors, quoi ? Un insensé porté par un vent mauvais qui tue des marins pêcheurs comme on chasse des mouches ? Un détraqué aigri qui s'en prend à des hommes forts, plein de vie, pour leur arracher leur jeunesse ? Un illuminé qui s'applique à venger les poissons que l'on extermine, que l'on mutile ? Un maniaque ? Un malade, sûrement ! Un homme, en tous cas, qui juste après être passé à l'acte recouvrerait toute sa lucidité. Pour humilier sa victime, pour tromper la police, pour disparaître… Mais aussi un homme qui ne veut pas cacher son crime. Surtout pas.

Puis, levant les yeux vers Bachelet, elle le sollicita :

— Autrement, dis-moi, pourquoi l'aurait-il pendu comme les autres ?

— Comme les autres… Là est la question ! Tu penses réellement qu'il a trucidé Nigel, puis Tipolo dans la veine des suicidés ? Mais si l'on changeait de point de vue ? Les premiers morts, malgré les apparences, ne seraient pas des suicidés mais des assassinés, d'une manière ou d'une autre, avec un même profil de patron pêcheur. Dans cette hypothèse, Tipolo serait le gêneur, celui qui dérange l'homme et ses cercles. D'où l'acharnement du meurtrier. Si l'on accorde crédit à la formule selon laquelle un train peut en cacher un autre, alors reste à trouver qui était la victime désignée…

— J'y ai pensé aussi, figure-toi. Mais nous n'avons que de sinistres concordances, des images fortes, un tueur en série sorti d'on ne sait où à opposer à la foule des cartésiens. Rien qui ne nous permette de confirmer notre point de vue. En même temps, compte tenu du nombre de pendus, il y a urgence… Alors donnons une chance à notre hypothèse et creusons cette piste.

— Cherchons alors le prochain sur la liste et à travers le profil des victimes nous finirons par trouver celui de notre assassin.

~

Pendant ce temps, à la banque, Ly Lan avait bien pris la main et fouillé dans le système à la recherche d'un dossier secret. Mais sans succès.

~

À l'heure du déjeuner les curieux de la première heure avaient été rejoints par des hommes et des femmes qui malgré la pluie persistante descendaient en silence par petits groupes vers le port pour rappeler leur attachement viscéral aux marins. La foule n'était pas vraiment hostile, mais l'on sentait déjà poindre une sourde réprobation.

Libre, je le suis et je le resterai. Je leur échappe toujours pour que le temps me soit donné d'accomplir mon destin. Eux, pour mieux m'en détourner, pour me salir ils se liguent contre moi. Une meute grotesque ! Ils ont cru bon de bouleverser mon ordre ! Mais qu'est-ce qu'ils croient ? Qu'ils peuvent dévoyer ma mission ? Qu'ils sont capables de m'ébranler ? Je devrais renoncer sous prétexte qu'ils m'ont imposé leur victime ? Non, je suis bien plus malin que tous ces arrogants. Ils n'ont encore rien vu. Ils m'opposent l'innocence, la jeunesse ? L'innocence n'existe pas. Personne n'est innocent. Pas même moi. En tous cas je ne le suis plus. Et c'est leur faute. La jeunesse... Ils veulent jouer avec moi ? Et bien je continuerai à la sacrifier comme l'autre a sacrifié la mienne. Lui qui ne m'a pas laissé le temps d'en profiter, d'en réchapper. Lui ne m'échappera pas. Il n'en réchappera pas. Jamais ! Comprenne qui pourra... Surtout pas la police qui ne peut pas comprendre. Qui n'y comprendra jamais rien.

SOIRÉE DU LUNDI 31 OCTOBRE

Les enquêteurs avaient concentré leurs efforts sur les structures situées à proximité du quai d'amarrage du *Pi Dé Mé* sur lequel Tipolo aurait dû embarquer le matin. Les hangars étaient alignés derrière les quais de chalutage quatre et cinq comme des pions sur un damier.

Coulon et un peloton de la gendarmerie avaient commencé les recherches bloc après bloc, selon le quadrillage.

Vers dix-huit heures, dans l'allée numéro deux, devant un atelier de mécanique un gendarme avait été intrigué par la présence d'un morceau de tissu accroché au bas d'un chambranle de porte fermée. À l'intérieur, lumière faite, l'on découvrit une plateforme de fonte montée sur rail et un système de palans fixés sur une poutre métallique traversante. En dehors de ces deux structures lourdes, le hangar était vide. Très vite, en observant le plateau de fonte, l'on repéra une flaque de sang, maladroitement essuyée. Aucun doute sur le lieu du crime. À première vue ce bout de nylon bleu resté accroché à la vieille tôle de l'entrée pouvait correspondre au tissu déchiré et à l'entaille observée à l'avant-bras droit de la victime. La Scientifique n'avait plus qu'à œuvrer.

— En fait, résuma Louise aussitôt arrivée sur les lieux, l'assassin a tué le matelot qui l'a surpris en pénétrant dans le premier hangar resté ouvert à proximité du bateau. Il le tue en le précipitant sur la plateforme – les traces de sang en témoignent. Il le traîne à l'extérieur, sans doute en le tirant par les pieds – d'où la blessure au bras qui aurait accroché le chambranle de tôle déchiquetée. Il prend soin de refermer la porte et transporte le corps dans un autre lieu, a priori en voiture – sinon, il y aurait des traces au sol à cause du saignement abondant provoqué par les blessures de la victime. Mais pourquoi l'avoir transporté ? Faute d'échelle pour atteindre le palan de ce premier hangar… ? Plus sûrement parce que tout était prêt pour une pendaison dans le second. C'est donc là qu'il le pend. Sommairement. Pour le symbole. Mais sans mise en scène – ni pancarte ni matricule. Sauf qu'il n'a pu s'empêcher de lui infliger les signes de l'humilité, comme dit Bachelet, le torse et les pieds nus. Et c'est sa signature.

Non loin, dans une poubelle ils trouvèrent le poisson emballé dans *Le Courrier de la Manche*. Mais pas de trace des vêtements de Tipolo, et notamment de cette veste de quart bleue, sans doute déchirée, qu'il portait la veille selon les témoignages de ses copains de virée.

Est-ce ainsi que doivent finir les marins pêcheurs ? Et pourquoi ? ressassait Louise en rentrant à l'hôtel de police.

~

Pendant ce temps, le commissaire s'échinait à convaincre le juge et le procureur de délivrer la commission rogatoire leur permettant de fouiller chez Jaquet. Ce ne fut pas sans mal. Le procureur avait fait observer que la simple absence du directeur du contentieux, ajoutée à un ou deux courriers qui pouvaient s'apparenter à un excès de zèle, ne justifiaient pas à eux seuls un début de procédure. Robespierre s'était alors appuyé sur les recommandations du préfet et son obsession du maintien d'un ordre public mis à mal par la colère de l'opinion et la vindicte de certains. L'argument était de poids. La police ne pouvait se permettre d'attendre pour agir. De haute lutte la commission avait été arrachée.

~

En cette veille de Toussaint, dès le milieu de l'après-midi l'obscurité avait rongé le peu de jour qui résistait encore aux lourds nuages noirs qui pesaient sur la ville. Le ciel s'était chargé de nuit en attendant la pluie.

Il n'était pas vingt heures quand Louise retrouva Sarah et Ly Lan chez Jacquet. On eut dit une chambre d'hôtel. Standard. Tout le confort, rien de plus. Totalement impersonnelle. C'était un petit appartement de location dans un immeuble récent, situé sur la colline qui surplombe le port dans les nouveaux quartiers résidentiels de la ville. On entrait directement dans une pièce à vivre aux murs nus, avec d'un côté un écran plat qui mangeait tout l'espace, et de l'autre un canapé convertible et une table basse. Pas de livres, pas de journaux, à l'exception d'une pile de magazines consacrés aux voitures de luxe. Pas d'objets non plus, si ce n'est une console et des jeux vidéo en grand nombre, méticuleusement rangés sur les étagères du meuble de télévision. Dans la même veine que le salon, une chambre meublée d'un lit étroit flanqué d'une autre table basse. Sur ce chevet, une lampe d'architecte et un portrait de femme dans un cadre d'un autre âge. Au bout, un ordinateur portable et une grosse chemise cartonnée ne contenant que des factures et des bons de garanties. Face au lit, de chaque côté d'une porte donnant sur une salle d'eau sans bain, deux petites penderies. Dans la première, cinq costumes sombres d'assez bonne facture, deux pantalons, quelques pulls et chemises dans des tons passe-muraille. Dans la seconde, uniquement des affaires de sport, plus précisément des effets et chaussures sophistiqués qui trahissaient une pratique sérieuse de la course à pied.

De l'autre côté du salon, une cuisine fonctionnelle, glaciale, dotée du strict nécessaire – four à micro-onde, bouilloire, plaque de cuisson. Impeccables. Tout était électrique. Seul le réfrigérateur était vivant avec son compartiment congélation chargé de plats cuisinés. Contre le mur libre, une tablette rabattue et un tabouret soulignaient encore la solitude du personnage. Quel triste inventaire ! Louise tenait là sa première impression. Elle laissa à Sarah et Ly Lan le travail de routine et aux deux policiers de la Scientifique le soin de faire parler au plus vite l'ordinateur personnel de Jaquet. Elle était attendue au commissariat. Elle avait besoin de partager avec Bachelet un paquet de chips goût bacon.

~

Le planton de service s'était réfugié sous l'auvent pour se préserver de la pluie, mais les cataractes d'eau qui tombaient à l'oblique avaient déjà traversé son uniforme. Aveuglé derrière ses lunettes embuées, il ne salua Louise qu'au moment où elle pénétrait déjà dans le hall silencieux de l'hôtel de police.

Bachelet était à son bureau. Une seule lampe allumée éclairait ses dossiers. Il réchauffait sa patte folle tout contre son radiateur d'appoint, un bain d'huile fatigué qu'il avait obtenu en soudoyant un ancien des services techniques. Il faisait bon chez lui quand la pluie au-dehors s'acharnait à marteler les vitres. Il avait un studio en ville qu'il négligeait. Il y passait pour prendre une douche et dormir les quelques heures qui suffisaient à son équilibre, plutôt dans la journée car il avait pris l'habitude d'assurer la majorité des tours de garde. À l'abri de la nuit, il se consacrait à ses dossiers qui représentaient l'essentiel de sa vie. Il faut dire qu'il s'était séparé, en bonne intelligence, de la mère de son fils qui vivait à Paris. Il recouchait avec elle, une semaine sur deux, surtout chez elle, depuis que ce fils de dix-sept ans avait autre chose à faire que de passer à Hollebourg des week-ends à l'attendre.

— Ce Jaquet m'a tout l'air d'un fichu maniaque. C'est entendu, son obsession de la propreté trahit le personnage, mais encore faut-il savoir de quelle crasse il veut se prémunir. De même son penchant pour la modernité, cette recherche du confort dans le dénuement… Peut-être une façon de rompre avec ce qui appartient au passé, avec ce qui encombre la mémoire… Une manière de ne pas se laisser distraire… Mais de quoi ?

Sur ces entrefaites Sarah avait appelé. Dans le dossier contenant des factures elle avait trouvé une chemise consacrée à ses achats de voiture. Tous les ans au mois d'octobre à l'occasion du salon de l'Automobile, Jaquet changeait de véhicule et montait en gamme. Peugeotiste convaincu, il venait de troquer sa 308 suréquipée contre une 3008 suréquipée. Il y avait inflation. Elle avait également trouvé le bail de son appartement où figurait le numéro de son box. Ly Lan avait vérifié, la place de parking était vide.

— Voilà qui cadre bien avec les catalogues retrouvés chez lui, reprit Bachelet. Toutes ces voitures puissantes qu'il ne peut pas s'offrir – puissantes, agréables, mais pas forcément voyantes. En témoigne son choix. Des voitures confortables au luxe de bon aloi. Le charme discret de la bourgeoisie, quoi ! Il serait d'ailleurs intéressant de savoir s'il s'agit là de son milieu d'origine. Je parierais que non. Il colle trop au moule !

— D'accord mais le plus intéressant, c'est quand même que ce type ait pris la fuite sans avoir programmé son départ. Regarde l'état de son appartement, il est parti tout nu, sans son ordinateur. J'ajoute que si l'on se réfère à notre théorie d'une série de meurtres commis par un tueur unique, tout s'enchaîne parfaitement après les événements de ce matin. Surtout si l'on considère l'exécution de Tipolo comme un dérapage. L'homme dont on a dérangé les cercles, pour reprendre tes propos, s'est troublé et a perdu le contrôle. C'est là notre chance. En fuyant il est sorti de l'ombre. Maintenant on ne peut pas savoir précisément depuis combien de temps il a déserté les lieux… Car c'est le genre de type à parfaitement refaire son lit ou même à changer les draps tous les trois jours.

— Attends, tu vas beaucoup trop vite, Louise, tu ne suis que ton intuition ! Nous venons d'esquisser le profil d'un tueur en série, et Dieu sait si notre hypothèse est fragile. Mises à part la disparition inexplicable de Jaquet et deux, trois correspondances pas très catholiques, nous n'avons rien. J'ajoute que si le profil est bon, ton tueur est déterminé. Pourtant tu nous le fais dérailler au premier accroc.

— Rien, c'est vite dit, on a un type qui en se perdant dans la nature a soulevé un coin du voile. La question est de savoir pourquoi il a disparu. Mais revenons à mon intuition. Quels sont les faits ? On a trois suicides et deux meurtres avérés. Les deux meurtres font référence aux suicides précédents, l'un s'inscrivant parfaitement dans la série – Nigel – et l'autre n'étant qu'un simulacre – Tipolo. Excepté le deuxième suicidé et le gamin, tous ont eu maille à partir avec l'Océane de crédit, et plus précisément avec Jaquet, le directeur du contentieux. Dernier élément, ce Jaquet qui initialement a pris rendez-vous avec Nigel ce lundi matin, puis à qui son directeur a demandé de nous recevoir ce même lundi matin, fait subitement faux bond. Il disparaît de la circulation. Injoignable. S'il s'est fait la belle, il est très réactif. Comme s'il voulait à tout prix se ménager un temps d'avance sur nous. Tu avoueras qu'il y a de quoi en faire un suspect !

— Un suspect, mais pas d'ouvre-boîte.

— Je sais, il faut que quelque chose bouge.

Mais Sarah et Ly Lan n'avaient rien trouvé de particulier. D'après les voisins interrogés, Jaquet était un homme tranquille, réservé mais poli. Pas de bruits, pas de visites. Un voisin sans histoires, solitaire, lisse et discret. Rien de nouveau. Tout confirmait les premières impressions. Un passe-muraille tapi dans l'ombre. On attendrait le lendemain pour interroger les commerçants et s'inquiéter de la famille. Quant aux informaticiens de la Scientifique, étonnamment ils n'avaient pas encore réussi à forcer son ordinateur.

~

Les chips avaient donné soif à Louise. Seulement, Bachelet avait horreur de la bière qu'il qualifiait de pisse d'âne amère. Il la laissa donc partir seule chez Anquetil dont le bar restait ouvert assez tard pour les oiseaux de nuit et les noctambules de l'hôtel de police. On était lundi, veille de Toussaint, et la salle plongée dans la pénombre était vide. Comme des phalènes éperdues, le peu de clientèle s'obstinait au comptoir sous les suspensions basses qui éclairaient le bar d'une lumière jaune.

Louise alla s'asseoir sous le portrait d'Arletty, la marraine de l'établissement, tout en refusant d'un signe que le fils du patron éclaire sa table. Dans l'ombre, bien installée sur sa banquette, elle suivait machinalement ses gestes. En participant distraitement à la conversation, il fignolait ses verres pour les ranger soigneusement sur l'étagère derrière lui. C'était mécanique et précis. Jaquet, lui, n'essuie que son verre. La peur de salir la moquette doit empêcher ce type de recevoir. D'ailleurs il n'a pas de machine à laver la vaisselle… Pas à laver le linge, non plus ! Du coup, il fréquente nécessairement les laveries automatiques. Plutôt les pressings, vu la qualité de sa garde-robe. Monsieur a besoin d'être blanchi et repassé pour faire bonne figure à la banque. Il faut fouiller ce petit quelque chose.

~

Vers vingt-et-une heures trente Louise décida de remonter au commissariat. D'un coup de fil rapide à Pekka, elle s'était assurée que Loviïsa s'était endormie tranquillement. La pluie avait cessé et le vent s'essoufflait à nettoyer le ciel. Le planton, celui-là même qui tout à l'heure avait voulu éviter la dégelée, s'était réfugié dans une encoignure pour tenter d'échapper au nordet. Louise croyait se souvenir que ce gars-là venait du Sud.

Quand elle entra dans le hall il régnait une confusion peu coutumière à cette heure. En plus des deux policiers de garde qui maintenaient un homme menotté, trois gaillards survoltés formaient un cercle improbable autour de Bachelet impuissant à maîtriser la situation. Décidément le terrain n'était vraiment pas son fort. Mais Louise s'amusa à passer son chemin et à laisser Clément se débrouiller.

L'histoire était banale. Un homme de quarante ans avait été surpris par trois marins alors qu'il forçait une Golf dans l'enceinte du port, à proximité du périmètre protégé. Ils l'avaient coincé, il s'était débattu, ils l'avaient secoué. Un peu. Rien de très sérieux, si ce n'est qu'une fois de plus, il s'agissait de miliciens de fortune qui avaient cru leur heure de gloire arrivée et qui, soucieux de ne pas renouveler leurs premiers excès, avaient immédiatement ramené leur prise au commissariat en acte de soumission. Mais leur assassin s'était avéré n'être qu'un vulgaire voleur de voitures multirécidiviste. En guise de médaille, les trois hommes se firent sermonner et écopèrent d'un avertissement en bonne et due forme.

~

Bachelet avait retrouvé le fil et s'était replongé tout naturellement dans ses dossiers sans se laisser distraire par l'impatience de Louise qui à brefs coups de talons imprimait des allers-retours à son fauteuil entre le mur et son bureau.

Il était près de vingt-trois heures quand la Scientifique appela. Sur l'écran de l'ordinateur de Jaquet s'était affichée une liste de cinq noms.

Ils ont osé ! Tout fouillé. Mis leurs vilaines pattes dans mes placards, leurs mains sales sur mon linge, leur regard corrompu dans mes papiers. Tout souillé. Jusqu'à l'air que je respire. En ce moment ils esquissent mon portrait. Ils me jaugent, me jugent. Ils concluent, se pressent de faire du justicier que je suis un assassin. Le mal est fait. Je n'y remettrai plus les pieds. Ils m'ont traqué, ils m'ont trouvé, ils m'ont sonné, c'est vrai, mais ils ne perdent rien pour attendre. Je vais me ressaisir. Conserver mon tour d'avance. Garder la main. Je suis trop près du but. Refaire le point, tracer un nouveau chemin, une route parallèle. Et puis j'ai ma voiture. Ce sera mon autre chez-moi.

Ils ont osé toucher les lettres de maman. *Les exposer à leur air vicié, les altérer. Les dénaturer. Qu'ils les lisent, ils n'en tireront rien, c'est notre langue à nous. Mais toute profanation aura son prix.*

MARDI 1ER NOVEMBRE

Louise était rentrée vers trois heures. Elle avait eu beaucoup de mal à trouver le sommeil, anticipant les orientations de la chasse à l'homme, organisant encore la protection des cibles potentielles de Jaquet, cherchant les failles éventuelles de leur dispositif.

~

À Hollebourg, cette même nuit Bachelet accueillait un groupe de gendarmes affectés à la protection des trois derniers marins figurant sur la liste de Jaquet. Yvon Le Robert, patron du *Pi Dé Mé*, bateau sur lequel Tipolo devait embarquer la veille, le lien avec la mort du gamin, la véritable cible. Sylvain Lequétel et Jean-Jacques Aumond. Assurément trois marins en danger de mort, trois victimes de plus froidement programmées. Comme ils le pressentaient Eugène Lacroix et Guillaume Nigel figuraient également sur la liste.

Dans ce même dossier enfoui dans le disque dur de l'ordinateur, les spécialistes de la Scientifique avaient débusqué l'original archivé de la note adressée à Nigel et, venant étonnamment étayer leur théorie nouvelle, cerise sur le gâteau, trois autres courriels envoyés à Lacroix durant la période du quinze septembre au cinq octobre. Le premier annonçait une proposition d'aide que la banque était prête à lui faire, les conséquences désastreuses d'un refus et la procédure qui s'ensuivrait. Dans le deuxième, quatre jours plus tard, Jaquet, dont la signature électronique figurait au bas de chaque document, précisait ses menaces. Dans le cas où Lacroix refuserait cette « main tendue », non seulement sa dette professionnelle mais aussi l'emprunt de sa maison deviendraient immédiatement exigibles. Il n'en était pas resté là, il en avait signé un troisième, comme pour enfoncer le clou, un dernier, plus impitoyable encore, dans lequel il décrivait avec force détails cette machine sinistre qui ne manquerait pas de broyer Lacroix et sa famille. La Scientifique avait également trouvé un brouillon du premier courriel, identique à celui-ci mais détaillant le plan de sauvetage. La banque proposait officiellement un étalement de la dette et une révision des taux sous réserve d'un changement de statut. Il s'agissait de passer de celui de patron de pêche indépendant à celui de patron pêcheur au service d'un distributeur exclusif.

L'ensemble des notes de Jacquet à son client Lacroix, la graduation des menaces formulées et son renoncement à expliquer la proposition de la banque dans son premier courriel – en témoignait le brouillon – constituaient une véritable arme de guerre et sans doute la signature d'un crime parfait programmé par un esprit diabolique. Jaquet avait eu l'intelligence de cacher le plus longtemps possible la solution proposée par la banque de peur que par faiblesse Lacroix ne se résigne et renonce à se suicider. Il n'était plus question du zèle d'un salarié modèle, il y avait là un véritable acharnement névrotique à tuer des marins. Mais cela ne devait pas faire oublier le stratagème. C'était ce dernier qui donnait chair à l'hypothèse d'une série de faux suicides et venait étayer la théorie d'un tueur en série de plus en plus impatient de passer à l'acte. En tout état de cause Salambo devrait confirmer si la proposition de Jaquet s'inscrivait ou non dans la stratégie de la banque.

~

Dix minutes avant son réveil programmé pour six heures et demie, Louise se réveilla en sursaut. L'idée d'un meurtrier froid qui écarte l'obstacle Tipolo comme on se débarrasse d'une mouche l'obsédait. Louise s'était endormie sur son canapé, au salon. Sur la table basse l'attendait un plateau avec le thermos de café et un dessin de Lovi où elle se reconnut, en compagnie de Sarah, pourchassant une Louhi apeurée. C'était la signature de Pekka, sa façon à lui de veiller sur elle, de la gâter. Louise se planta devant la baie vitrée, une tasse à la main. Elle scrutait la nuit à la recherche des lignes du rivage et de l'horizon. Dormeuse contrariée, elle s'appliquait à éveiller son esprit en aiguisant son regard. Elle traquait déjà Jaquet en tentant de se le représenter sur la grève.

~

La nature même de l'affaire avait changé. Il ne s'agissait plus de résoudre une énigme criminelle mais de traquer et de débusquer un tueur. Un maniaque. Impossible dans ces conditions de se passer de la Criminelle qu'ils avaient dû alerter dans la nuit. Saint-Lô avait dépêché deux policiers pour travailler – en bonne intelligence bien sûr – avec la brigade d'Hollebourg. Robespierre et Louise s'étaient accordés pour réunir tout le monde dans les plus brefs délais.

Il était sept heures et demie quand Ly Lan, à l'affût derrière la baie vitrée de la salle des inspecteurs, leur annonça l'arrivée d'un maigrichon sans âge et d'un très gros bonhomme hirsute et mal fagoté. À coup sûr le duo de la brigade criminelle. Elle garda pour elle l'image de Laurel et Hardy gravissant les marches du Palais des festivals.

L'équipe était au complet, à l'heure, et le commissaire expédia les présentations. Le gros bonhomme, Germain Langlet, un profileur d'une quarantaine d'années, serait naturellement l'alter ego de Bachelet. Quant au second, Jésus Ferreira, il épaulerait Louise. Selon les directives du patron.

Ils se mirent immédiatement au travail. Tout pouvait arriver à n'importe quel moment. Heureusement la nuit avait été calme, Jaquet leur ayant laissé un peu de répit, le temps de réorienter leur enquête. Lui-même devait se réorganiser après son échec de la veille.

~

Jour férié ou non, Sarah et Ly Lan avaient sorti le banquier de son lit. Dès huit heures, dans la relative clarté du matin, elles l'attendaient devant la banque. Sans la brousse, sans la pluie ni le vent, le ciel était serein et le quai déserté.

Salambo rangea sa voiture devant l'établissement, salua gauchement les deux jeunes femmes et les entraîna dans la ruelle qui longeait l'immeuble. Là il leur ouvrit une petite porte blindée et les invita à entrer. Il avait troqué le costume trois pièces contre une tenue ostensiblement décontractée, un cashmere turquoise sur un jeans flambant neuf. À peine installé, le directeur désorienté par l'incongruité de la situation posa les deux mains sur son bureau, prêt à se relever, et leur proposa un café. Mais Sarah s'empressa de décliner l'offre, accompagnant son refus d'un geste de la main qui signifiait clairement : restez assis, assez de manières. Elle devait aller vite et entendait profiter de son malaise. Salambo tentait de donner le change. Comme lors de son premier entretien avec la police, il se voulait à l'écoute et forçait son sourire. Singeries de charlatan, pensait Ly Lan. Après s'être assurée que les dates des congés de Jaquet correspondaient bien à celles des meurtres, Sarah avait annoncé la couleur. Dans l'affaire des assassinats de marins le directeur du contentieux de L'Océane de crédit était désormais le suspect numéro un. Il avait laissé des traces écrites très compromettantes dans son ordinateur et s'était dilué dans la nature depuis vingt-quatre heures. Salambo donna l'impression d'un pantin désarticulé sur le point de dégringoler de sa chaise. Il lui fallut quelques secondes pour recouvrer sa posture, mais la lecture des courriers adressés à deux des victimes finit de l'assommer. Quand on lui demanda de commenter le « plan de sauvetage » de la banque proposé à Lacroix, il manqua à nouveau de s'écrouler. Il accusait le coup. Mais il se ressaisit très vite en dénonçant avec véhémence l'attitude inqualifiable de son subordonné, Jaquet ayant clairement outrepassé ses prérogatives en dévoyant à des fins personnelles certaines directives de l'Océane.

Il n'empêche, pensa Sarah après avoir regagné la voiture, avant de réagir avec excès ce type a marqué un temps et a paru troublé. L'apparition de ce plan de sauvetage en pleine affaire criminelle l'a bel et bien secoué. Au-delà des dérives de Jaquet, d'une façon ou d'une autre la banque n'avait pas les mains propres.

~

Le groupe fit le point en fin de matinée. L'enquête de proximité était au point mort, premier novembre oblige. Les commerçants susceptibles de révéler quelques-unes des habitudes du suspect étaient pour la plupart fermés. Et il s'était avéré que ni l'épicier ni le boulanger, seuls commerçants à avoir levé le rideau ce matin, ne connaissaient Jaquet. Il est vrai que Le Guen et Coulon étaient incapables de leur fournir une photo.

— Dès demain, vous aurez intérêt à ratisser les galeries marchandes de la périphérie, suggéra Bachelet. Ce que l'on sait de notre homme incline à penser qu'en toutes circonstances il recherche l'anonymat. Pour faire ses courses, rien ne vaut le bon bain de foule du samedi dans un hypermarché. Vous trouverez sans doute sa trace chez un cordonnier faiseur de clés ou dans un pressing. Il doit avoir l'habitude de faire laver son linge au moins une fois par semaine. Et bonne nouvelle, nous sommes maintenant en mesure de vous donner une photographie du personnage.

Langlet, le profileur de la Criminelle, écarta un paquet de Pepito entamé, chassa quelques miettes et farfouilla dans ses notes pour en retirer deux feuillets agrafés.

— Suite à votre visite de ce matin, la banque nous a adressé le curriculum de Jaquet qui s'était fait tirer le portrait pour l'occasion.

Germain Langlet débordait du petit bureau que les services techniques lui avaient collé face à celui de Bachelet. En plus des nombreuses notes qu'il avait déjà griffonnées, il avait installé son barda. Un thermos de thé, des paquets de gâteaux, quelques livres et un chapeau de pluie qu'il portait en arrivant. Ses fesses aussi débordaient de sa chaise.

— Le visage est mou, le corps doit l'être également, et je sais de quoi je parle. Le cheveu est rare, blond mais terne, à l'image du personnage. Les lèvres trahissent une certaine sensualité, je dirais contrariée. Il a le visage poupin de quelqu'un qui n'a pas fini de s'affirmer mais qui vieillit déjà. Ce qui frappe à l'évidence, ce sont ses yeux perçants qui…

— Fais donc circuler la photo pour que l'on partage tes impressions.

Louise observa Langlet qui après avoir marqué un certain étonnement lui sourit, beau joueur.

— Et que dit le CV, Clément ?

— Mon acolyte et moi avons épluché la carrière de Jaquet jusqu'à son arrivée à Hollebourg. Un parcours professionnel irréprochable pour un autodidacte ! André-Rémi Jaquet, quarante-deux ans, est né en 1969 à Rochefort, en Charente-Maritime. Il obtient son bac avec mention à Niort en 1987 mais, étonnamment, n'entreprend pas d'études supérieures et entre dans la banque comme on entre en religion pour ne plus en sortir. Il débute la même année au guichet d'une succursale niortaise de la Générale de l'Ouest et y grimpe les échelons pendant quatorze ans jusqu'en 2001, date à laquelle il est nommé au siège de la banque à Poitiers. Là il intègre le service contentieux, ce qui est en soi une belle promotion, dont il devient le sous-directeur en 2005. Et cela coïncide avec la souscription d'un emprunt immobilier pour l'achat d'une maison dans cette même ville, cette même année. Mais j'y reviendrai plus tard et j'en finis avec le curriculum. C'est en avril dernier que l'on retrouve notre homme à Hollebourg en tant que directeur à part entière du contentieux d'une des nombreuses succursales de l'Océane de crédit. Nous avons pris nos renseignements. En fait la Générale de l'Ouest a d'abord été rachetée en 2008 par une grosse banque privée nord-européenne basée à Anvers, la Brauwere & Boijmans. Les actionnaires et les directeurs changent, mais pas Jaquet qui reste accroché à son poste.

Bachelet céda subitement la parole à Langlet qui avait manifesté l'envie d'intervenir, ce qu'il fit la bouche pleine d'un énième biscuit.

— Tout ceci prouve quand même son efficacité au boulot. Il a certainement été conservé par la nouvelle direction pour assurer la transition, c'est ce que fait la hiérarchie militaire avec ses sous-offs. Mais ces périodes sont toujours dangereuses pour les entreprises, et on ne confie pas un rôle aussi délicat à un toutou ou un agneau, souffla-t-il en enfournant le dernier Pepito du paquet. J'en finis avec ce que j'avais commencé à vous dire avant d'être interrompu, les apparences sont trompeuses, votre homme est foutrement déterminé. J'en ai fini.

— Merci, Herr Professor. La banque privée a conservé son nom prestigieux hors de France mais s'est empressée de franciser son enseigne dans l'hexagone. Ce qui ne l'empêche pas d'appartenir depuis peu à un consortium coréo-japonais allié aux Lloyds de Londres, qui a ajouté à la spécialisation maritime de la banque du port de Rotterdam – transport et assurance de fret – le financement d'une activité nouvelle venue d'Orient. La très grande distribution à vocation monopolistique de produits de la mer.

Parmi les documents que Sarah et Ly Lan avaient fini par découvrir chez Jaquet, il y avait dans le secret de sa penderie quelques dossiers et, au fond d'un carton étiqueté « Maman », deux boîtes à chaussures qui renfermaient trente ans de lettres d'une mère à son fils. Si Bachelet et Langlet n'avaient pas encore eu le temps de les analyser, ils avaient épluché les dossiers qui tous étaient consacrés au bien-être matériel de la maman. Emprunt immobilier, relevés d'eau, d'électricité et de téléphone, taxes foncières et d'habitation, avis d'imposition, mais aussi factures émanant d'agences de voyages, de stations thermales, de centres de thalassothérapie, d'hôtels et restaurants, d'abonnements à des revues féminines, de joailliers, de fleuristes, etc.

— Nous avons là les dépenses d'un amoureux à l'ancienne. J'ajouterais d'un amoureux qui a les moyens. Son salaire est certes très confortable, mais je suis impatient d'éplucher ses comptes en détail car je vous fiche mon billet qu'à vue de nez, ce petit banquier consacre pas loin de quatre-vingts pour cent de son budget à sa mère. Ça nous le met en pleine lumière votre passe-muraille, Capitaine.

— Remettons les choses dans l'ordre, intervint Bachelet. Le volet immobilier est déjà très révélateur de l'attachement de ce fils à sa mère. Si l'emprunt est à son nom, en mettant la maison au nom de celle-ci alors qu'il lui suffisait de lui en donner la jouissance, il a privilégié son sentiment filial au détriment de la raison financière et fiscale. En attendant les précisions de l'état-civil, comme le dirait Langlet, je vous fiche mon billet que ce type est fils unique.

— Oh oui, il est fils unique ! Et en fouillant son passé on va certainement découvrir des origines modestes. Il gâte trop sa mère, il la bichonne, il lui donne une assise bourgeoise. Tenez, il l'habille exclusivement chez Burton, écossais de bon ton et boutons dorés.

— Enfin, résuma Louise, un résultat tangible ! La mère de Jaquet est vivante, et on sait où elle vit. On va l'interroger au plus vite, et avec un peu de chance…

— Pour le retrouver chez maman, encore faudrait-il qu'il ait renoncé à tuer, corrigea Bachelet, qu'il ait perdu sa lucidité au point de se laisser prendre.

— Non, ce n'est pas un type à renoncer, ajouta Langlet avachi sur sa chaise, les doigts agrippant un deuxième paquet de gâteau en équilibre sur sa panse. Il se terre quelque part mais à tout moment il peut sortir du bois et frapper à nouveau. La protection des cibles, c'est bien, mais ça ne pèse pas lourd si, comme je le pense, le type est enragé. Il vient tout de même de vous pulvériser un gamin au simple motif qu'il l'avait dérangé.

— À ton avis, en quoi la trajectoire du tueur est-elle cohérente et où nous mène-t-elle ? demanda Louise.

— Lacroix, c'est sans doute un coup de maître, peut-être le crime parfait d'entrée de jeu. Jaquet a réussi à le tuer en l'acculant au suicide sans se salir les mains. Chapeau bas ! Bonnet et Mazoué lui échappent en se suicidant. Tout seuls, comme des grands. Ils lui cassent sa série en cours, lui qui avait si bien débuté. Ce qui dans un premier temps le trouble. Parce que Mazoué, notre ami breton, a bien fait les choses. En fignolant la mise en scène de Lacroix, il a théâtralisé sa mort et lui a donné encore plus de sens. Jaquet va alors saisir la balle au bond et reprendre la main. Voilà votre numéro quatre. À mon avis, pas la cible la plus facile. Nigel, à ce que j'ai cru comprendre, est en pleine force de l'âge, sûr de son fait. Pas le genre de type à se laisser bouffer tout cru. Mais le petit banquier est pressé d'en finir. Alors il se prend par la main et fait le boulot lui-même, allant jusqu'à reproduire la mise en scène de Mazoué. Pour ce qu'elle exprime ? Pour brouiller les pistes ? On verra bien. Ce mauvais choix qui l'a poussé à mettre les mains dans le cambouis agit comme un déclic. Non seulement il a eu les couilles de le faire, mais il prend plaisir à tuer de ses propres mains. À partir de là, il tient son nouveau mode opératoire. Fini le crime parfait ! Sûr de lui, gonflé à bloc, il programme la pendaison de cet autre patron pêcheur…

— Le Robert, intervint Bachelet.

— Le Robert, c'est ça. Mais voilà, ça foire. Manque de bol, le gamin fait irruption dans le hangar où l'autre attend son heure. On le dérange… Mais il pourrait se cacher… s'enfuir. Non, il tue encore. Sans doute, comme vous l'avez souligné, sous l'emprise de la colère. Ce type sait faire preuve de sang-froid, il calcule, il ordonnance et puis, patatras, à la première contrariété, au premier grain de sable, il perd ses bas. Il dérape mais il récupère vite, et c'est sciemment qu'il compose une ébauche de mise en scène. Pour qu'il n'y ait pas de méprise, que l'on sache bien que ce pion ne compte pas pour lui. Le gamin a été soufflé comme dans un jeu de dames. En déshabillant et en pendant sa victime, même de façon grossière, en prenant soin de l'humilier comme les autres – le gamin est tout de même un marin –, il signe son forfait pour clamer qu'il reste le patron. Il a beau savoir que tôt ou tard il aura la police au cul, il s'en fout. Il est enragé mais lucide et sa façon de procéder ne changera plus. Il va bouger et s'il est à nouveau contrarié il tuera encore. Et toujours aussi violemment. On a du pain sur la planche.

— Je suis d'accord sans réserve, intervint Bachelet que Louise avait invité à commenter les propos de Langlet. J'ajoute que l'on peut désormais parfaire l'analyse des scènes de crime et dessiner le portrait-robot des victimes de Jaquet. Peut-être, devrais-je dire de *la* victime, celle qu'il tue sans fin. Concernant la pancarte et le « pas de miséricorde pour les marins-pêcheurs », je suis obligé de revenir sur ma première interprétation du mot miséricorde. Les conclusions de Langlet changent la donne, et il est logique de nous poser la question. Quelle signification Jaquet donne-t-il à ce terme ? À partir du moment où celui-ci récupère les éléments de la scène du suicide de Mazoué, elle-même inspirée par celle de Lacroix, je ne serais pas étonné que ces trois-là ne donnent pas le même sens à ce mot. Si les deux premiers paraissaient déplorer le manque de compassion de la société à leur égard, Jaquet, lui, donne plutôt l'impression d'affirmer que l'on ne doit pas pardonner je ne sais quelle faute aux marins pêcheurs, ou du moins à certains d'entre eux. Et il punit. Mais qui punit-il ? Des hommes qui sont à la fois marins-pêcheurs, on le sait, petits patrons avec plus ou moins de problèmes bancaires, mais aussi hommes mariés et pères de famille. C'est le cas des trois autres cibles qui figurent sur la liste.

— Ce type bousille donc délibérément des familles entières, fulmina Louise. On doit mettre fin à ce carnage. Anticiper et le court-circuiter.

— Seulement il y a un hic, releva Sarah. Nous savons que Jaquet est intelligent, réactif et organisé. Il va probablement changer ses plans pour nous échapper et continuer à tuer. Conclusion, sa prochaine victime sera hors liste. Et là nous sommes démunis. Nous ne pouvons tout de même pas protéger tous les patrons pêcheurs chargés de famille !

— C'est une hypothèse qui se tient, mais tu oublies un peu vite ce qui caractérise ce type de tueur. C'est justement parce qu'il est un planificateur maniaque du détail et résolu qu'il ne va pas changer de cap. Il déteste trop l'imprévu. Pourquoi le ferait-il ? Parce que nous aurions découvert sa liste ? Langlet nous l'a dit, la police, la surveillance rapprochée, tout ça il s'en moque. Il va passer outre, pas forcément pour nous défier, non, mais plutôt pour continuer le seul chemin possible, celui qu'il a tracé. Notre seule chance de le débusquer, c'est de l'interpeller au moment de l'attaque, et non là où il se terre.

Et Louise de conclure :

— Alors, Clément, toujours pas d'avis de recherche officiel. Bien sûr la zone portuaire reste notre point faible. Même en suppliant la Criminelle et en mobilisant tous les gendarmes disponibles, face à un type organisé qui connaît bien les lieux nous sommes en position délicate. On part du principe qu'il ne changera pas la moindre virgule à son plan, vous m'avez convaincue. On ne se laisse plus balader et on reprend la main. Voilà ce que nous allons faire. Je veux que deux d'entre vous travaillent sérieusement sur la retraite possible de Jaquet. Monsieur Ferreira, la brigade aura besoin de votre expérience, il vaut mieux que vous restiez ici. Moi, je vais voir la mère avec Sarah. Pour le reste, paperasses et tracasseries administratives, il faudra voir avec Robespierre, car dès ce soir nous sommes en planque sur le port. Vous organisez ça pendant mon absence. Clément, compte tenu de l'urgence, un avion, c'est possible, non ?

Louise n'avait pas prêté attention au commissaire qui les avait rejoints.

— Je me charge du parquet, de la Crim', et même de la gendarmerie. En plus je vous promets que vous aurez votre avion, Louise, et dans l'heure. Quant à la conférence de presse exigée par le préfet, que vous semblez avoir oubliée, le capitaine Bachelet s'en chargera. Soyez ponctuel, elle a lieu à quinze heures. Faites comme vous le voulez mais caressez-moi l'opinion publique dans le sens du poil et dites-en le moins possible. Ce n'est pas le moment de dévoiler vos batteries.

~

Aux alentours de seize heures, malgré un avis de tempête sur zone, un Socata TBM-700, gracieusement mis à disposition par les militaires, décollait de l'aérodrome de Saint-Lô. La trêve météo serait de courte durée, la Toussaint faisant valoir ses droits. Au bout du compte, Sarah et Louise ne disposaient que de quelques heures pour rentrer à bon port. Seules à bord, elles entendaient profiter de l'heure de vol pour préparer leur entrevue, mais Louise s'endormit aussitôt. Elle avait beaucoup tiré sur la corde ces dernières vingt-quatre heures, et sa résistance avait fini par céder.

Une voiture de police les attendait à l'aérodrome. Et c'est en compagnie d'un lieutenant de la Judiciaire de Poitiers que les deux jeunes femmes se rendirent directement au domicile de madame Doussaint, la mère de l'assassin présumé, la seule personne qui semblait compter aux yeux de Jaquet.

C'était un petit immeuble de centre-ville, à une encablure de la cathédrale. Deux étages sur un rez-de-chaussée consacré à la chaussure. L'ensemble était propret. Anne-Marie Doussaint les attendait au premier étage, devant une petite entrée par où l'on pénétrait dans ses appartements.

La porte était grand ouverte sur une cuisine surdimensionnée avec sa série de machines à couper, à broyer, à hacher, à râper, à extraire… Le nec plus ultra de l'électronique, rien que de la marque et du flambant neuf, encombrait un long plan de travail occupant tout le mur, face à l'évier et aux fourneaux. Du robot de cuisine à la centrifugeuse en passant par l'inévitable machine à capsules, l'ensemble était digne d'une exposition du salon des Arts ménagers. Tout pour maman et vive la fête des mères, pensa Louise qui ne put s'empêcher de songer au dénuement de sa propre cuisine.

Le visage de madame Doussaint se recomposait, les deux jeunes femmes ayant accepté la visite commentée du petit logement dont elle paraissait si fière. Sans doute s'attendait-elle à devoir subir la présence intimidante d'hommes en uniforme. Comme celui qui était passé la voir en tout début d'après-midi et lui avait demandé, fort poliment d'ailleurs, de ne pas bouger de chez elle, lui expliquant qu'elle aurait la visite de deux policiers désireux de lui poser quelques questions à propos de son fils. « Rien de grave », s'était-il empressé d'ajouter. Tout cela ne devait pas avoir beaucoup d'importance effectivement puisque la police lui envoyait du personnel féminin.

À son départ d'Hollebourg, Louise avait tenu à s'entretenir elle-même avec la personne désignée par la Judiciaire de Poitiers pour informer la mère de Jaquet de leur arrivée. Elle aurait préféré une femme, mais il s'était avéré que le petit lieutenant avait très bien compris le message et proposé lui-même d'intervenir avec tact. « Ne pas donner de précisions, se montrer rassurant sur la santé du fils », avait insisté Louise. Il ne s'agissait pas d'effrayer la mère, de griller leur unique cartouche. « Je prendrai des pincettes », l'avait-il rassurée. Force était de constater qu'il avait agi avec suffisamment de douceur. Cette douceur dont Louise se sentait peu capable, mais que Sarah affichait en même temps qu'un large sourire au moment de pénétrer dans le petit salon, confortable certes, mais tellement maniéré.

De taille moyenne, pâle et maigrichonne, Anne-Marie Doussaint respirait la contrainte avec ses vêtements neufs, sa mise impeccable et son chignon serré. Elle avait dû vivre longtemps la tête sous le joug, et son corps en conservait la marque. Tout chez elle était emprunté, saccadé, les gestes brusques, les déplacements incertains, jusqu'à son regard qui ne se posait jamais. Elle les guida en trottinant jusqu'à une console prétendument Louis XV, exclusivement consacrée à son fils. Rémi en pied, en buste, en portrait, encadré ou sous-verre, à l'école, à la neige, à la mer, en uniforme, en costume cravate, avec sa maman sur le pont des Soupirs ou en promenade viennoise avec calèche et cocher… Louise avait là une amorce pour l'encourager à parler librement du fiston. Il n'y avait plus qu'à laisser glisser. Et sa maman parla de lui, commentant les photographies, évoquant leurs voyages. Il était si gentil et il la gâtait tant. Rien qu'elles ne sachent déjà. Louise écourta alors la visite en images et en vint au vif du sujet. Seul témoin d'une affaire criminelle, se pensant menacé, son fils avait pris la fuite mais ne risquait plus rien, les auteurs du crime étant désormais sous les verrous. La police devant de toute urgence recueillir sa déposition mais ne sachant où le trouver, on avait besoin d'elle.

Il se trouvait qu'elle était sans nouvelles de Rémi depuis près d'une semaine.

Le plus intolérable serait qu'ils s'immiscent chez maman ! Ils ne vont tout de même pas tout nous prendre ? Tout bouleverser ? Moi qui voulais lui faire une surprise, lui montrer mon bel ouvrage. Ma mission une fois achevée. Elle aurait ri. Libérée. Réparée. Ils pourraient tout recommencer. Lavés de la souillure. Une vie devant nous ! Ces gens-là ne respectent rien. Ils piétinent, ils profanent. Je protégerai maman, terrasserai ceux qui osent se mettre au travers de notre chemin. Elle n'ouvrira même pas sa porte. Elle aussi protégera son tout-petit comme elle l'a toujours fait. Et eux n'y pourront rien. Faire face une dernière fois. Triompher à la fin. Lui et maman, seuls contre tous. En attendant le compte n'y est pas. Se retrousser les manches. Ne pas décevoir maman.

DANS LA NUIT DU MARDI 1ER AU MERCREDI 2 NOVEMBRE

Maudit soit le ciel qui me pisse dessus et ses saints qui me pourrissent la vie en célébrant leur fête en beau milieu de semaine. Et ce putain de vent qui m'empêche de fumer ! Et cette putain de nuit qui n'en finira pas !

Léon Toutain vaille que vaille approchait des Manchots plongés dans la nuit noire. À vingt-et-une heures passées, il achevait sa première ronde. Le cimetière marin était dans la tourmente, les carcasses de ses vieux tas de ferrailles à l'agonie grondaient, les mâtures grinçaient. Les bateaux morts retrouvaient leurs vieilles douleurs, renaissant à la vie pour défier la mer grosse, le temps de la tempête. Qui résisterait le mieux ? Ces vieux débris dont le temps n'avait pas eu raison du chêne ni de l'acier dont ils étaient bâtis ? Ou ces jeunes chalutiers mieux faits pour se remplir la panse à en dégueuler le poisson que pour résister aux assauts de la mer démontée ? Au petit matin dans tous les bassins, certains auraient coulé, d'autres seraient démembrés, mais tous victimes de la mer, chalutiers parmi les chalutiers perdus après tempête.

Le cimetière était dans l'œil du cyclone, et Toutain rasait les murs des hangars pour se garder de tous les revenants que le gros temps avait ranimés, de tous ces hauturiers, capitaines et matelots extirpés du sommeil auquel ils s'étaient résolus.

~

Mais là n'était pas le danger. Dans la ville et le port les gendarmes appelés en renfort étaient sortis de l'ombre pour garantir la sécurité des biens et des personnes, conformément à leur mission. Ils se devaient de faire face à la tourmente et à son cortège de fenêtres brisées, de poteaux renversés, d'automobiles en cavale et de populations à la dérive. Le vent soufflait à près de cent cinquante kilomètres heure. Des marins s'affairaient aux amarres qu'il leur fallait doubler. Quelques inspecteurs en planque et policiers en uniforme résistaient encore en quadrillant la zone portuaire mais ils devaient à leur tour se garder des vagues qui surgissaient au-dessus des quais, inondant les bassins, des rafales du noroît qui menaçaient de les emporter.

~

Léon Toutain ne sentit pas le coup venir. Il fut assailli brusquement. Un bras qui par l'arrière, autour du cou, le serrait, l'étouffait. Il tenta bien de s'en défaire, d'une seule main, puis des deux en lâchant son mégot. Une vive douleur au cœur, le goût, puis l'odeur du sang… Libéré de l'étreinte, il chavira. Toutain sentit qu'il allait aux pâquerettes. « Léan, mon gars, t'as un coup dans l'étrave. » Étendu à même le bitume, le visage baigné de pluie, il eut une dernière pensée : « Nom de Dieu, j'ai pas rentré les pommes ! »

~

Louhi ! Son cri surpassa toute la fureur de la tempête qui cognait contre les vitres. Pekka, concentré sur la courbure du bec d'un chevalier, sursauta. Il repoussa son carnet de croquis et se leva d'un bond. Là-haut, Lovi en proie à son démon familier avait sauté du lit. Elle martelait déjà de ses petits pieds nus le parquet du couloir, puis ce furent les marches du grand escalier qu'elle dégringola vers lui. Elle était là, face à son géant de père, déboussolée, à moitié endormie. Le regard de la petite fille balaya le salon. Elle se mordilla la lèvre inférieure en constatant l'absence de sa mère, puis reprit sa course vers Pekka dont les bras s'étaient ouverts. La tête contre celle de son père elle laissa libre cours à ses larmes et lui raconta son cauchemar, le discours haché par les sanglots. Profitant de l'absence de Louise et de Sarah, Louhi avait envahi le sommeil de Lovi, surgissant en hurlant dans les eaux noires des bassins, commandant au vent et à la pluie… Une horde de loups ! Elle poussait à grands coups d'ailes les chalutiers vers le large, lacérait les pontons de ses serres, balayait les quais du revers de ses pattes hideuses, précipitant des chapelets de marins dans les eaux glacées du port. Il fallait avertir maman.

Dans l'après-midi, depuis l'aérodrome Louise avait pris soin de téléphoner à Pekka. Fidèle à son habitude elle avait tenu à prévenir elle-même Lovi de son départ pour Poitiers, de son retour tard dans la nuit. Confrontée à ses absences répétées, sa fille avait droit à une part de vérité. Bien sûr il arrivait que parfois, à la lumière crue de la vie réelle, au-delà des légendes et des contes de fées, Lovi se brûlât un peu les ailes. Mais aux yeux de Louise de petits cauchemars valaient mieux que les incertitudes. Et puis Pekka savait accommoder la vérité. Il savait l'arrondir, la lisser, la polir, comme ces gros cailloux noirs de la Baltique à la fois sombres et rassurants.

Déjà deux, bientôt trois nuits qu'il fallait se résigner à s'endormir sans maman. Deux, bientôt trois matins à déjeuner en tête à tête avec Papapekka. Lovi était un peu triste bien sûr, mais elle en connaissait la raison.

~

Le mardi soir quand il ne prenait pas la mer, Sylvain Lequétel ne dînait pas en famille. Il avait pris l'habitude de passer la soirée au Grand Café. Dès dix-neuf heures il partageait quelques parties de billard américain et quelques verres avec les copains. Mais depuis la fin de l'été il disparaissait aux alentours de vingt-deux heures dans le sillage d'une jolie serveuse qui finissait son service. Marie Guichard habitait en périphérie de la vieille ville, et Lequétel la suivait à dix minutes dans un dédale de ruelles obscures, jusqu'à déboucher sur le boulevard des Maraîchers désert, à cette heure où les gens dorment d'un premier sommeil devant leur écran de télévision.

Ce soir-là après avoir lui-même vérifié la solidité des amarres de son bateau, il avait failli renoncer à son rendez-vous mais avait gardé le cap. Trempé comme une souche, il touchait au but.

~

Dans une Peugeot banalisée garée entre deux réverbères, deux policiers marquaient une courte pause dans leur ronde de nuit. Invariablement, depuis une bonne heure ils remontaient et redescendaient lentement le long boulevard qui passait de la vieille ville à la ville nouvelle, des bâtisses de pierre aux immeubles en béton, entre terre et eau, qui commençait par longer la mer au sud et finissait par ceindre les installations portuaires au nord. Cette grande artère changeait trois fois de nom, d'une extrémité à l'autre de la large baie d'Hollebourg. D'abord de Cognehors, entre embruns et anciennes maisons de pêcheurs, au plus près du rivage, puis Jacques Prévert, en bordant le cœur de ville en retrait des quais, et enfin des Maraîchers, le long de la zone portuaire – des bassins, de la criée, des docks et du marché-gare. Le paysage de la nuit, lui, ne changeait pas. Un désert bitumé obscurci par les rideaux de pluie que déployait le ciel balayé par le vent, charriant ces objets non identifiés qui fendent l'air quand soufflent les tempêtes.

L'écran de la montre à cristaux liquides du véhicule de police affichait vingt-deux heures dix quand un fanion de casier à homards traversa le boulevard et percuta l'aile avant gauche de la voiture. En levant les yeux, dans le trouble halo d'un réverbère, de l'autre côté du boulevard, l'agent Beltour fut intrigué par le pas hésitant d'un individu qui semblait en supporter un autre. Les policiers s'apprêtaient à quitter leur voiture quand il fit basculer son fardeau dans le coffre ouvert d'un véhicule en stationnement. Ils se ravisèrent et démarrèrent en trombe. Mais quand ils eurent achevé leur brusque demi-tour en pulvérisant la pauvre végétation du terre-plein central, la voiture suspecte filait déjà vers le nord-est, vers les derniers hangars et le cimetière marin.

~

Tels les deux vieux mérous du hall d'entrée qui fixaient de leurs yeux globuleux les visiteurs de la Cité sous la mer, Sarah et Louise demeuraient parfaitement immobiles et scrutaient la nuit à travers les vitres de leur aquarium. Sarah avait garé la 307 de service au coin d'un hangar, en tête d'une petite traverse qui coupait le quai principal. Elle contrôlait sans cesse son biper, sa balise et son arme de service.

Louise pensait à Jaquet, organisant les informations dont elle disposait désormais. Si madame Doussaint ne leur avait pas appris grand-chose, la visite de son appartement avait parachevé le portrait de l'assassin que les deux acolytes du profilage avaient dressé en quelques heures sans quitter leur bureau. Malgré peu de détails et de nombreux blancs, la biographie des Doussaint-Jaquet, mère et fils, tenait la route. Ces deux-là avaient commencé leur vie de couple au lendemain de la disparition du père… Un marin-pêcheur. Là était le fait essentiel. Si la mère avait évoqué le départ de son mari patron pêcheur sur l'île d'Oléron dans les années quatre-vingt, avec la même pudeur que ces femmes trompées et soumises qui ne savent pas appeler un chat un chat, Bachelet en remuant ciel et terre avait fini par obtenir une information capitale du commissariat de Rochefort. Un lieutenant lui avait révélé qu'André-Louis Jaquet s'était bel et bien pendu dans la nuit du 25 septembre 1982 dans le port de La Cotinière. À l'époque on parlait déjà de patron pêcheur endetté et désespéré : « Mauvais gestionnaire en cette époque difficile et exigeante en raison du choc pétrolier et conséquemment de l'augmentation des charges,

André-Louis Jaquet aurait tardé à entamer sa mue en procédant aux investissements nécessaires – acquisition d'un bateau de plus grand tonnage permettant un équipage plus important et une meilleure productivité. Une mauvaise saison et des difficultés de recrutement ont eu raison de ce pêcheur aguerri comme de tant d'autres petits patrons avant lui, tout aussi mal armés psychologiquement », lisait-on en conclusion d'un rapport complémentaire de la police de Rochefort en date du 4 octobre 1982.

Louise en savait assez, le reste était anecdotique, affaire de psychiatres, de psychologues, de thérapeutes du crime. Au fil du temps la mère et le fils ont pansé leurs blessures, ils se sont reconstruits, l'un tout contre l'autre, l'un pour l'autre, jusqu'à l'ensevelissement de la vérité, jusqu'à l'oubli. Anne-Marie Doussaint, épouse Jaquet, doit braver les humiliations et les difficultés de la vie. Elle ne peut épargner à son fils un peu du drame, de l'infamie, le préserver de la peur. Mais tant bien que mal elle l'élève. En retour il lui sacrifie sa vie d'homme. Peu à peu les rôles s'inversent, et le fils prend la place du mari perdu. Il s'affirme, s'aguerrit et s'obstine à lui offrir ce qu'elle n'avait jamais connu, le confort, la sécurité et un peu de luxe. Jusqu'à presque l'infantiliser. Si les privations et les souffrances vieillissent prématurément la mère, l'enfouissement du drame, le temps qui passe et le silence qui s'installe façonnent une bombe à retardement qui aujourd'hui nous pète à la figure.

Et à chaque vision des corps pendus Louise entendait les détonations de la bombe… les sirènes de police qui hurlaient au loin. Quand la radio crépita et que l'information tomba :

— Voiture six, je répète voiture six, à tout le dispositif… Nous prenons en chasse un véhicule suspect, Volkswagen Golf de couleur grise, qui a forcé le barrage nord et fonce vers les Manchots…

Les deux femmes se redressèrent instantanément, mais plus rien ! La radio crépitait à nouveau, les voix s'étaient tues.

— … Voiture quatre, nous entrons dans la danse, sortie marché-gare, nous descendons vers les quais…

Le silence à nouveau et la tension palpable de ceux que l'on devine derrière les interférences. Et puis soudain :

— … Voiture six à pilote… Il fait demi-tour, pilote ! Il sera sur vous dans dix secondes.

Sarah réagit au quart de tour. Les essuie-glaces, pas de phares. Les deux mains sur le volant, la première vitesse enclenchée elle attendait l'instant propice pour bloquer la Golf. Louise avait baissé sa vitre et saisi son arme de service dont elle vérifia le fonctionnement.

Deux, trois secondes encore, et Sarah coupait la route du fuyard. Mais l'homme avait déjà bloqué ses freins en contrôlant son dérapage qui s'acheva contre le flanc droit de la 307 qu'elle avait volontairement plantée au milieu de la chaussée.

Louise eut le temps de basculer sur sa gauche pour éviter le choc. Sans avoir eu l'opportunité de tirer. L'homme s'échappait déjà en courant vers la ville. Il avait agi vite, mais Sarah était à ses basques.

Louise avait eu un peu de mal à s'extraire de l'habitacle. Le gros de la tempête était passé, le vent avait faibli, mais la pluie avait redoublé d'intensité. Avec une centaine de mètres de retard, elle se mit à son tour à courir. À chaque impulsion son épaule droite la faisait souffrir. Peu importait le dispositif, l'essentiel était de ne pas perdre Sarah. Ne pas la laisser seule. Assurer le contact radio avec elle. Le gibier était étonnant de sang-froid et d'audace. S'il était armé, il n'hésiterait pas.

— ... Voiture trois… Voiture trois… À tous les véhicules… L'homme embarqué par le suspect à l'arrière de la Golf est vivant… Je répète, vivant, crachota Le Guen.

Ce type est obstiné, audacieux, mais la chance est en train de tourner, pensa Louise. Ne plus le lâcher, surtout ne plus le perdre.

Dans l'oreillette elle percevait le clapotement des gouttes de pluie qui s'écrasaient sur le blouson de Sarah en même temps que son souffle régulier qui la rassura. Elle se concentrait sur sa propre course mais ne regagnait rien. Devant elle, à la lumière des premières enseignes il lui sembla que le fuyard, lui, perdait un peu de terrain mais il se dirigeait clairement vers la ville en se jouant des mailles du filet.

— Derrière la cathédrale, champ libre, bonne visibilité… Quelques mètres encore et je peux agir… Demande autorisation d'intervenir… Vite… Ce salaud va prendre à gauche… Vers la rue de la Soif… Sciemment…

Louise avait peu à peu perdu la cadence, la douleur était trop vive. Pour tirer, Sarah devrait s'arrêter, reprendre son souffle, bloquer sa respiration. Elle saurait l'ajuster, mais…

— Vas-y… Autorisation de stopper le suspect…

Mais à l'instant où Sarah allait faire feu en visant les jambes du fuyard, un petit groupe de passants déboucha au coin de la rue de la Soif. Puis un deuxième…

— … C'est foutu ! La sortie du cinéma…, cria Sarah dans le micro en abaissant le bras. Je vais le perdre…

— À tous, on couvre le secteur… Sarah, tu le pistes… Tu as peut-être une chance de le localiser avant qu'il ne se fonde dans la foule…

Les passants s'étaient arrêtés, leur curiosité prenant le pas sur leur envie de se mettre à l'abri. D'autres déboulaient en badauds. Et tous la jaugeaient. Sarah serrait encore son Sig-Sauer entre les doigts. Elle glissa l'arme dans son holster avant de reprendre sa course, Louise toujours sur ses talons.

~

Bachelet et Langlet avaient suivi la traque à la radio. Ils avaient réfléchi, poursuivi leurs investigations, sans oublier de se sustenter, surtout Langlet qui n'en avait pas pour autant négligé son tueur.

— Jaquet n'est pas à proprement parler un tueur en série, avait-il rappelé. Plutôt une sorte de tueur à répétition qui s'acharnerait à travers ses proies sur une seule victime. Jusqu'à ce qu'il soit rassasié.

Quand vers minuit Louise pénétra dans le bureau pour s'asseoir à sa place, sans un mot, trempée, furieuse, Bachelet ne lui accorda pas même le temps de se changer et de se sécher les cheveux :

— Tu as vu juste, Louise. Jaquet sait qu'il nous aura toujours sur le dos mais il s'adaptera et ne renoncera pas.

— Je sais, Clément… Je sais. Sans ce putain de cinéma… Il a provoqué la chance en se dirigeant vers la rue de la Soif pour nous filer entre les doigts. Et sa bonne étoile a fini le travail. Mais attention, il ne fuit pas, il nous écharpe ! Jusqu'à ce qu'il décide qu'il a bien achevé cette…

— … mission. Le Gros était tel qu'elle l'avait quitté, quelques heures auparavant, débordant de sa chaise à roulettes où il était vautré et de son jean de couleur incertaine, sa large chemise toujours barbouillée de taches et encombrée de miettes. On l'aurait cru tout entier maintenu sur sa chaise grâce à ses larges bretelles capables de résister à la tension de son ventre. Énorme ! Je confirme, avait-il ajouté. Rien, sinon la contrainte physique, ne l'empêchera d'agir et de nous é-chap-per, chère Louise.

— Ce qui veut dire que les marins de la liste sont toujours en danger. Clément, les surveillances… Il faut doubler les surveillances. Ce soir il a encore prouvé qu'il avait un sacré sang-froid, qu'il résonnait vite et bien, même dans l'action. D'ailleurs dans ce domaine il n'est pas démuni. Comment un petit banquier que tout le monde trouve terne et banal est-il aussi performant ? Il sait courir, on le savait, et il court vite. Mais où a-t-il appris à conduire ? D'où lui viennent tous ces réflexes ? Il anticipe tout !

Bachelet l'interrompit pour contacter Le Guen et Coulon auxquels il confia le soin de superviser la protection rapprochée des cibles. Puis il enchaîna :

— Sans compter qu'il avait pris ses précautions, Louise. Pour agir aussi vite – quatre opérations en huit jours –, aussi précisément, Jaquet n'a rien laissé au hasard. En amont, depuis des semaines, voire des mois, il a fait un vrai boulot de flic, étudiant chacune de ses cibles, leurs habitudes, et surtout leurs faiblesses. Une fois prêt il a déroulé son plan. Il est contrarié ? Il s'arrange pour éliminer l'impondérable – le petit Polo. Nous lui mettons des bâtons dans les roues ? Il compose avec les obstacles. Il s'adapte. Ainsi savait-il que ses trois dernières cibles étaient surveillées. Que seul Lequétel avait une bonne raison de vouloir échapper à notre surveillance parce qu'il cachait une maîtresse en ville et que le mardi soir était le bon moment pour agir. Il sait qu'il ne peut plus utiliser sa voiture, qu'il serait à coup sûr repéré. Or Lequétel a garé la sienne au bas de l'immeuble de Marie Guichard – comme il en a sans doute l'habitude –, en haut de la rampe d'accès aux garages, pour rentrer chez lui au plus tôt après son rendez-vous galant. Il lui a suffi de quelques instants pour intervenir. Si nos deux policiers en ronde ne s'étaient pas arrêtés là à ce moment précis, ils n'auraient pas assisté à l'agression. Notre premier coup de chance ! Mais il nous empêche tout de même de refaire notre retard et garde l'initiative. Quand je pense que nous n'avons pas eu le temps matériel d'enquêter en profondeur sur les cibles ! Lui connaissait les fausses parties de billard du mardi soir… Pas nous.

— À propos de Lequétel, Clément… ?

— Un bon coup sur la tête, Louise, mais rien de sérieux. Ils le gardent toutefois en observation pour la nuit, et nous avons planté un uniforme à l'entrée des urgences. J'ai bien entendu demandé à être informé de son heure de sortie demain matin. Pour le reste, il semble que notre tueur ait agi selon son mode opératoire en assommant sa victime qu'il a ensuite ligotée. J'ai pu interroger Lequétel qui n'a rien nié. Ni la maîtresse, ni la prétendue soirée avec les copains du mardi soir, ni la femme et le gamin en vacances. Il ne veut en aucun cas précipiter leur retour qui est prévu demain soir et nous demande d'ailleurs de rester discrets sur les circonstances de son agression.

— Rien n'est moins sûr. Un, on n'est pas là pour couvrir ses frasques et, deux, à cause de lui on a frisé la catastrophe. Je n'ose pas imaginer la tête de Robespierre à la lecture de la presse demain matin si nous avions eu un crime de plus sur les bras. En tous cas ce couillon ne quitte pas l'hôpital tout seul, et on reprend la surveillance devant son domicile que l'on va tout de suite passer au peigne fin.

~

La tempête partit comme elle était venue, laissant seule derrière elle une pluie dense et régulière qui battait le pavé déserté par les gens de la nuit. Les recherches avaient repris vers deux heures dans le secteur du port et à travers la ville. La surveillance des pavillons d'Yvon Le Robert et de Jean-Jacques Aumond, également dans la ligne de mire de Jaquet, avait été doublée. Mais le Quartier neuf était paisible, et la pluie berçait le sommeil de ces marins en sursis qui pouvaient enfin dormir tranquilles. Les flics veillaient sur eux.

Quand Coulon flanqué de Ferreira, le Maigrichon – ainsi en avait finalement décidé Louise –, arrivèrent chez Lequétel, ils s'apprêtaient à devoir forcer l'entrée de la maison. Celui-ci avait été incapable de leur en donner les clés, il avait dû les perdre ou se les faire faucher par Jaquet lors de son agression. La façade était plongée dans le noir, volets roulants abaissés, sans trace d'effraction. Ils longèrent le bâtiment vers l'arrière en faisant le tour par le jardin pour accéder à la cuisine par une simple porte de bois. Jésus Ferreira en faisait son affaire.

~

La rumeur qui montait du hall d'accueil s'était tue peu à peu. Louise ne perçut bientôt plus que le son d'un clavier effleuré, celui d'une conversation chuchotée. Assise à son bureau, la tête posée sur son bras gauche elle s'était endormie.

Alors ce fut le silence… Puis la chute… Les abysses… Et un monstre… Qui sommeille… Puis qui gronde…

Encore et toujours des bâtons dans les roues. Ma route détournée. Ils croient me dévoyer en me lâchant leur chien de garde dans les pattes. Un tas d'os qui tenaient à peine assemblés. Il est vrai qu'il ne servait plus à grand-chose, ce vieux bonhomme. Il n'empêche, la faute en revient aux seuls flics. C'est leur tempête qui m'a obligé à quitter le bateau. À trouver refuge dans ce hangar. J'étais bien, moi, dans le cimetière. Chaque chose à sa place. Rien de superflu. Il fallait pourtant bien en finir avec ce sous-homme. Son arrogance. L'achever. Respirer son dernier souffle. Ils ne m'arrêtent jamais. Pas même ces deux filles qui m'épient dans le noir pour me piéger. Les lâches ! Moi je leur ai échappé en pleine lumière. En pleine ville. Cours, cours, attrape-moi si tu peux ! J'ai toujours les mains libres. Ils n'y peuvent plus rien, je vais trucider ce coq sans vergogne. Papa était fidèle, lui. Rien ne m'empêchera de rayer de la liste qui je veux quand je veux.

PETIT MATIN DU MERCREDI 2 NOVEMBRE

Soudain un téléphone pris de tremblements glissait sur le métal de son bureau. Deux heures vingt-six et le nom de Pekka s'affichait sur l'écran. Louise étendit le bras.

— Louise… ?

Au beau milieu de la nuit la voix de Pekka restait claire. Louise aimait sa façon de prononcer son nom en détachant chaque voyelle. En d'autres lieux elle se serait rendormie au seul son de sa voix.

— Louise, tu m'entends… ? Tu vas bien ?

— Je t'écoute… La nuit est longue… On attend… Du nouveau… Une erreur de sa part… Tu ne dors pas ?

— Moi ? Si. Enfin, non… Les cauchemars de Lovi prennent une voie malpropre…

— …Tu veux dire une sale tournure ?

— Oui, un mauvais chemin. Elle pense que Louhi t'a entraînée trop loin de la maison, que tu es trop loin de la maison… D'ailleurs, tu es trop loin de la maison.

— Je vais l'appeler… Je vous appelle un peu plus tard. Dis-le-lui. Il faut que je tienne, Pekka. On peut le serrer cette nuit… s'il veut bien sortir du fond de son trou.

— Alors, je t'embrasse, Louise. Mais quand tu auras fini il nous faudra aller soulever quelques pierres.

Louise n'avait dormi qu'une petite demi-heure mais elle était complètement réveillée. Elle pensa à la petite madame Doussaint. Si rien ne devait survenir cette nuit, elle retournerait à Poitiers dès le matin… Pour soulever d'autres pierres.

Or à partir de ce moment le téléphone ne devait plus s'arrêter de sonner jusqu'à la mi-journée.

Ce fut d'abord Coulon qui appela, excité par cette chasse à l'homme et cette longue nuit truffée de rebondissements qui semblaient ne pas avoir entamé sa réserve d'énergie. Lui et Ferreira s'apprêtaient à forcer la porte arrière de la maison de Lequétel quand ils avaient découvert son jeu de clés dans la serrure de la porte fermée. Jaquet ne les avait donc pas volées et c'était ce couillon de Lequétel qui dans sa précipitation les y avait oubliées. Drôle de zigue qui multipliait les bourdes et mâchait le travail de son agresseur. Ils avaient fouillé la maison de la cave aux greniers et exploré la moindre cache. La maison était vide, personne dans un placard ou dans un congélateur préalablement débranché. C'était une affaire classée.

— Enfin une bonne nouvelle, avait conclu Louise, Jaquet doit encore se terrer quelque part.

Mais elle n'avait pas eu le loisir d'y réfléchir plus avant car peu avant trois heures Le Guen avait signalé la découverte d'un abri de fortune dans l'antre d'une des carcasses du cimetière des Manchots. On y avait trouvé un sac à dos flambant neuf contenant quelques barres de céréales et bouteilles d'eau ainsi qu'un sac de couchage haut de gamme, ce qui était plus la signature de leur fugitif que celle d'un simple SDF. Le tout avait été transmis au labo qui confirmerait très vite que les empreintes concordaient bien avec celles de Jaquet relevées à son domicile et à son bureau.

Une heure plus tard, à proximité du cimetière, une deuxième équipe découvrait un nouveau cadavre.

~

Louise avait convaincu Germain Langlet, plutôt réticent, de l'accompagner sur les lieux. Il eut bien un peu de peine à se glisser entre le siège de la voiture et le tableau de bord. Dans l'incapacité de boucler sa ceinture, il dut même s'agripper des deux mains à la poignée du passager. Mais Louise refusa d'y attacher la moindre importance et fila, gyrophare allumé, vers les Manchots.

Elle se gara dès l'approche du Grand-Môle et ne prit pas la peine d'attendre son compère pour franchir le ruban jaune. Elle eut juste un instant et un brin de malice pour se demander si Langlet se vautrerait en passant au-dessous ou hisserait sa masse pour franchir l'obstacle. Avant de se fondre dans la scène du crime.

La porte coulissante d'un hangar avait été tirée. La lumière drue d'un projecteur de la Scientifique découvrait une salle vide, sans la moindre trace d'activité, un atelier fantôme. Juste derrière le seuil, un homme semblait dormir, replié sur lui-même en chien de fusil, tournant le dos à l'entrée.

— Agressé par strangulation, poignardé au cœur, mort immédiate, j'ai vérifié, intervint le médecin légiste. La position du bonhomme a été tracée au sol, les photographes ont presque fini leur boulot, je vais pouvoir vous l'allonger.

Léon Toutain venait de passer de témoin à victime. C'est le triste constat que fit Louise en se penchant sur le vieux veilleur de nuit qui avait signalé le premier meurtre maquillé en suicide, un couteau fiché en plein cœur, des traces de sang délayées dans l'eau de pluie qui avait détrempé ce qui avait été sa veste de marin.

Langlet était peut-être encombré de son corps mais il savait s'économiser. Il était à peine entré qu'il se calait de tout son poids contre un mur, dans l'angle gauche de cet atelier abandonné, à deux pas du pauvre vieux recroquevillé sur son passé. De ses yeux rieurs enfouis dans les plis et replis de son épiderme, il furetait, il scrutait, tentant de se représenter comment le bougre avait été contraint de boire son bouillon de onze heures.

On déplia le corps après avoir retiré le couteau avec les précautions d'usage. En voyant le médecin légiste lutter contre la contraction des muscles, Langlet ne put s'empêcher de penser à une vieille chaise longue que l'on déploie difficilement en graissant les rouages grâce à une petite burette de 3-en-un. Le bonhomme faisait un drôle de macchabée, affichant sur son visage éteint presque une moue enfantine, comme un clin d'œil au mauvais sort.

— S'il s'agit bien de notre assassin, Capitaine, et je pense que c'est là sa signature, vous allez trouver beaucoup d'empreintes sur le couteau, sur les vêtements de la victime. Notre homme se fout du tiers comme du quart qu'on lui attribue un crime supplémentaire, il ne prend plus de gants. Mais, plus troublant, il néglige de reprendre son couteau. Comme s'il comptait ne plus s'en servir.

Louise laissa Langlet à ses dernières observations, elle accusait le coup et ressentait le besoin de prendre l'air.

La pluie avait cessé. Devant le hangar, un bout de quai se distinguait de la pénombre sous un quartier de lune qui reprenait ses droits. Des nuages de traîne noirs glissaient en une cotonnade sombre et légère dans le ciel, plus clair en cet endroit, qui découvrait un peu du môle, le large, et enfin quelques traits d'horizon. Les premières heures de la journée seraient belles.

Étonnamment c'était la première fois que la poésie de cet étrange décor s'imposait à Louise. Elle n'avait jamais pris le temps de fouiller les rochers qui bordaient la grande jetée, de déambuler le long de ces quais déserts, de se laisser emporter enfin par la mémoire de ces rafiots désabusés.

Le bonhomme sans vie allongé dans le hangar participait de ce théâtre noir. Si Toutain avait contribué à entretenir en ces lieux le souvenir des marins, de génération en génération, Jaquet en le tuant – elle n'avait aucun doute sur sa culpabilité – avait fait acte de profanation. Louise ne lui permettrait plus de tuer.

~

Malgré l'épuisement qui tirait les traits, les trois capitaines se retrouvèrent autour d'une table faiblement éclairée dans la salle de repos attenante à la cafétéria. Chacun était plongé dans ses pensées. L'un grignotant ses ongles, l'autre attendant devant la machine que le café s'écoule et la dernière reposant sa fatigue, les coudes sur la table, le menton dans les mains, les yeux ouverts en grand. Louise fit l'effort de rompre le silence, elle avait trop de mal à s'y retrouver dans ce mélange des genres :

— Cette alternance d'assassinats sauvages et de meurtres de sang-froid est plutôt déroutante. Ces deux attaques successives… On peut se demander si Jaquet ne perd pas les pédales…

— D'après notre toubib es macchabées, à vue de nez votre Léon a passé l'arme à gauche entre dix-neuf et vingt-deux heures, résuma Langlet. Autant dire quelques minutes avant de s'en prendre à Lequétel. Sur ce coup-là, oui, on pourrait croire que le personnage a pété les plombs, mais il n'empêche qu'il garde le fil et poursuit sa route. La preuve, c'est qu'il a bel et bien failli refroidir votre Casanova. Pour moi, notre assassin n'est plus un bleu. Bien sûr Jaquet ne peut pas encore viser le Panthéon mais il apprend vite, il en est déjà à rechercher la jouissance que procure le bel ouvrage. Le crime fait main.

— Mieux, maintenant qu'il a découvert le goût du sang, il rejoint le cercle de ces assassins envoûtés par la geste de la mise à mort, fascinés par l'exercice du pouvoir, compléta Bachelet de retour avec les cafés.

— On a intérêt à le coffrer avant qu'il ne fasse dans la démesure, qu'il ne devienne un sanguinaire baroque, en conclut Langlet.

— En attendant, concentrons-nous sur sa prochaine victime qui, je crois, sera la dernière. Si Jaquet a couché six noms sur sa liste, c'était pour avoir le choix, pour pallier les accidents de parcours, pour tuer à coup sûr. Mais je mettrais ma main à couper qu'il ne dépassera pas le chiffre trois. Or cette nuit il a loupé Lequétel, sa troisième victime, je veux dire son troisième patron pêcheur. Car Tipolo et Toutain ne comptent pas à ses yeux. Langlet l'a dit, il suit sa route. Il va donc aller au bout de sa mission, en finir avec le mari infidèle ou s'attaquer à l'un des deux derniers marins de sa liste.

— Un deux trois, nous irons au bois, chantonna Langlet.

— Toi qui aimes les chiffres, Louise, le trois des chinois, *tch'eng*, est synonyme de perfection, d'accomplissement. Il exprime la totalité… L'achèvement d'une série. Et Jaquet n'a pas eu besoin de se pencher sur la civilisation chinoise, la symbolique des nombres a suffisamment pénétré nos esprits.

— Et pourquoi pas le sept… ? interrogea Louise qui avait en horreur les devinettes et les grands discours.

— Oui, pourquoi pas ? Mais il n'est pas siphonné au point de rendre sa mission impossible. Langlet achevait son troisième morceau de sucre. Et puis sept, c'est bon pour Barbe-bleue ou pour les nains. *Tch'eng*, c'est quand même l'Homme fils du Ciel et de la Terre qui conclut la Grande Triade. Avouez qu'en matière de symbole, et notre homme les apprécie, c'est le must, non ? Bref, moi aussi, je crois en un petit dernier.

— Belle érudition… mais je veux du…

Langlet voulut répondre. Bachelet lui cloua le bec en lui proposant un dernier sucre – irrésistible – et il enchaîna :

— Mais c'est du concret, Louise… Jusqu'à ce jour Jaquet a toujours privilégié les symboles. Nous avons la conviction qu'il doit tuer une dernière fois avant de tirer sa révérence. Trois vies de marins pêcheurs contre celle de son père.

— … Alors nos trois Chinois sont toujours en danger.

Elle se leva comme montée sur ressort pour empoigner son portable. La voix claire, tranchante, elle commanda à toutes les équipes en planque chargées de veiller sur les trois familles de pêcheurs de s'assurer une nouvelle fois de la sécurité des cibles :

— Oui, vous les réveillez… Qu'est-ce que vous croyez ? Ces types sont en danger de mort ! Je veux que chaque famille soit gardée à vue… Vous m'entendez… ? À vue ! Et je vous conseille d'être à la hauteur, conclut-elle en raccrochant brusquement.

Puis, se tournant vers Bachelet :

— Clément, peux-tu vérifier que tout est en ordre à l'hôpital et que ce grand con dort sur ses deux oreilles. Je vais me reposer une heure ou deux. Quoi qu'il arrive, vous m'appelez.

L'horloge du hall de l'hôtel de police marquait cinq heures cinquante. Une fois dehors, Louise observa le ciel, toujours plus clair, et savoura un peu de cet air sec, de plus en plus froid.

~

Elle parcourut les cinq kilomètres qui séparent l'hôtel de police de sa maison blanche, douloureusement, sous un ciel qui se dévoilait lentement pour confirmer les promesses de la nuit. Le long de la mer, un rai de lune dessinait le rivage.

Louise frissonna en sortant de sa voiture, les deux pieds dans le sable gorgé d'eau. Ses pas y laisseraient leur empreinte grossière.

Sur le seuil de sa maison, elle tourna machinalement la poignée de la porte qui s'ouvrit sur le silence. Sa fatigue lui pesa.

À travers la baie vitrée, la faible clarté qui émanait de la plage ne suffisait pas à éveiller la pièce. Elle monta directement dans la chambre de Loviïsa. Sa petite fille dormait paisiblement. Comme à son habitude elle lui laissa une trace de son passage en ébauchant à la craie un dessin maladroit sur son tableau noir avec ces quelques mots : « Il est trop tôt ce matin pour te réveiller. Ta maman t'embrasse très fort. »

Au salon, Louise s'allongea sur le canapé qui abritait ses bouts de nuits. Elle regarda sa montre. Six heures quatorze. Toujours cette tyrannie des chiffres, cette exigence de précision. Elle s'endormit aussitôt pour se réveiller en sursaut vingt minutes plus tard, parfaitement requinquée. Plus que ce bref moment de repos c'était la magie du retour au bercail qui opérait.

Au-dessus de la cafetière toujours prête, elle trouva bien en évidence le mot de Pekka : « Tu vas sûrement m'engueuler fort ce matin car j'ai laissé exprès la porte ouverte. Tu as encore oublié ton double des clés. » Instinctivement, Louise se retourna et aperçut son trousseau qui pendait à un clou près de la porte d'entrée. Elle imagina en un éclair un même agencement chez Lequétel et se saisit fébrilement de son téléphone portable.

~

Bachelet décrocha à la première sonnerie. Six heures quarante et une. Sans laisser à Louise le temps de parler il l'informa que l'hôpital venait d'appeler. Lequétel était rentré chez lui. Au même moment Coulon cherchait à la joindre : il avait personnellement ouvert la porte au mari infidèle, revisité les lieux et repris sa faction.

— J'ai eu du mal à vous trouver, Capitaine, mais je vous ai noté l'heure exacte… Il était six heures vingt-cinq. Depuis, tout est tranquille.

— Et vous êtes content de vous ? Il est quarante-trois, Coulon ! Vous avez mis un quart d'heure pour m'avertir ou avertir Bachelet ! Dire que pendant ce temps-là tout a pu arriver ! Vous m'emmerdez, Couillon, foncez ! Et ne le quittez plus des yeux. C'est compris ?

Elle coupa net la conversation et reprit Bachelet en ligne.

— Clément, je t'expliquerai, il est peut-être trop tard… Lequétel, Coulon, tout le monde est en train de merder…

— … Et l'hôpital aussi…

Mais Bachelet n'avait plus personne au bout du fil.

~

Au changement d'infirmière Lequétel avait demandé à voir un responsable, évoqué son désir de revoir sa femme, de la rassurer au plus vite. Il avait insisté, balayé les objections d'un interne et fini par signer une décharge. À six heures quinze, au moment où Louise s'endormait, il s'était engouffré dans un des rares taxis en sommeil devant l'hôpital.

Emporté par une nouvelle urgence, la cent soixante-douzième à la lecture du registre journalier, l'interne de garde n'avait pas eu le temps de prévenir les flics en faction ou le commissariat. La tempête avait généré son lot d'estropiés, de fendus, de coupés, de tordus. La police ne serait informée qu'une demi-heure plus tard, au changement d'équipe.

Quant à Lequétel, fidèle à lui-même, il avait évité le hall et la sortie principale. Il voulait encore une fois échapper à ses anges gardiens et voir Marie sans tarder pour qu'elle fasse profil bas. Et sauver son ménage.

Rassuré par l'inspecteur qui l'avait interrogé à l'hôpital, il était sûr de récupérer son jeu de clés auprès de l'équipe en faction.

Maman me manque. Quatre jours déjà sans nouvelles d'elle. Sans entendre sa voix. J'ai besoin de sa voix pour m'endormir. Mais ça aussi je dois y renoncer. Encore un moment d'intimité qu'elles nous volent... En toute impunité. Car elles nous épient, c'est évident. À l'abri de la tempête, tapies dans leur voiture, protégées par l'obscurité. Elles ne jouent pas franc-jeu. Elles ne sont pas loyales.

Maman, il faut que je te dise. Lequétel, je vais l'achever. Je ne peux pas faire autrement. Et ce sera à leur nez, à leur barbe.

M'introduire chez lui ? Un jeu d'enfant ! Il faut dire, maman, que malgré l'intervention de leurs agents, j'avais eu la présence d'esprit de lui voler ses clés avant de le basculer dans le coffre de sa voiture. J'avais deviné que pour échapper à la surveillance il sortirait par la porte arrière de sa maison. Et j'ai trouvé comme je l'espérais un double de ses clés dans un petit placard de l'entrée. Il m'a suffi de refermer la porte en laissant le trousseau de Lequétel dans la serrure à l'extérieur. Et ça n'a pas manqué ! Si tu avais vu la tête des deux gogos qu'elles m'ont envoyé... Elles n'ont même pas osé venir. Elles ont déjà baissé les bras.

La chance est avec nous, maman. Ils se sont dit que les clés n'avaient pas été volées, que ce maudit matamore les avait oubliées. Ils se sont rassurés. Mais pas elles. Elles, je leur mets la tête à l'envers. Je les obsède. Je n'ai pas bougé. Aux aguets. Et comme je le pressentais, sans doute sur ordre, les gogos ont tout vérifié. Refouillé la maison, ratissé le jardin. Une dernière fois. En pure perte bien sûr ! Elles peuvent réfléchir, s'acharner, elles ne me trouveront pas.

Alors ils ont tout bouclé et l'un des deux, aux allures de cow-boy, a mis les clés dans son blouson. Moi, j'en palpais le double dans la poche de mon pantalon. J'aurais voulu que tu voies ça, maman.

Je l'attends maintenant, cette ordure. Je l'attendrai tout le temps qu'il faudra. Lui aussi, l'imbécile, va leur échapper et finir par rentrer. Et là je le saignerai. Comme les cochons. Mais non maman, tu le sais bien, nous devons le pendre. Et c'en sera terminé. Vois-tu, je crois qu'il est temps de réviser nos prétentions. Trois pendus suffiront. Un pour chacun d'entre nous.

JEUDI 3 NOVEMBRE AU MATIN

La colère comme le pressentiment de Louise avaient fait voler en éclat la satisfaction de Coulon d'avoir fait le boulot et avaient triomphé de sa tranquillité d'esprit. Et lui aussi envisageait le pire. Il avait quelques foulées d'avance sur son coéquipier mais fut coupé net dans son élan en trouvant la porte de la cuisine fermée à clé.

Ferreira, en spécialiste, força la serrure, mais le privant de son avantage Coulon le bouscula pour entrer le premier. En se précipitant vers la salle de séjour, ils furent saisis par la fraîcheur de l'air et les premières lueurs du jour mêlées à la lumière des réverbères. Une porte-fenêtre était ouverte, le volet roulant remonté. Ferreira atteignait déjà la mezzanine quand Coulon réalisa la présence d'un corps qui balançait inerte au bout d'un drap blanc en torsade attaché à la rambarde de la coursive. C'est au bruit de deux portières qui claquèrent dans la rue qu'il sortit de sa stupeur. Il se précipita pour soulager le corps tandis que son équipier s'employait à le dépendre.

— Il est foutrement mal en point, mais la carotide vibre encore. Appelez le Samu, s'époumona Ferreira à l'intention de Bachelet et Langlet qui faisaient irruption au salon.

~

Lequétel avait goûté son retour dans ses meubles, le retour à la normale, l'ordre des choses. Il s'était finalement bien tiré de cette agression à laquelle il n'avait pas compris grand-chose. Mais l'essentiel n'était pas là. Marie garderait le silence, les flics aussi sans doute, sa famille serait épargnée, et c'est cela qui était important. Il attendrait sa femme et son fils ici, chez lui, d'un pied plus ferme qu'il ne l'aurait fait sur son lit d'hôpital. Ce chez lui, au cœur de sa maison, dans ce salon dont les cuirs transpiraient sa relative aisance. Cette parenthèse incongrue, agitée, allait se refermer sans plus de dommages. Rien qu'une bosse, une bonne frayeur. Si ce n'est qu'il faudrait apprendre à se passer de Marie. Il était temps de faire la part des choses…

~

Mais c'était oublier qu'un homme tapi dans l'ombre n'avait qu'une idée en tête, achever sa besogne. Peut-être s'était-il caché dans un jardin en attendant son heure. Entre le départ de Coulon et de Ferreira soulagés de ne pas avoir trouvé la moindre trace de l'assassin dans la maison, et l'arrivée de Lequétel pressé de revêtir ses oripeaux de bon père de famille.

Perdu dans ses pensées celui-ci avait ignoré l'approche du danger, négligé la menace soudaine de cet homme qui ne le lâcherait plus. Un souffle peut-être, mais trop tard. Une vive douleur et il avait basculé dans le noir.

~

— Nom d'un chien, on l'a loupé d'un poil !

Louise qui venait d'arriver fusilla Langlet du regard. Elle était au bord de l'implosion.

Bachelet les avait entraînés, elle et Langlet, sur la terrasse en attendant la Scientifique. Le hurlement de la sirène des pompiers résonnait encore vers les faubourgs, en écho au drame qui venait de se jouer.

— Vous feriez mieux de secouer votre graisse, monsieur Langlet. Pourquoi l'a-t-on loupé ? Où se cachait-il ? Comment est-il parti ? Et surtout où ? Voilà ce que j'attends de vous... Des réponses... Et non des commentaires cyniques, des jeux de mots déplacés. Ne vous a-t-on pas prévenu que je n'avais pas le sens de l'humour ? Retrouvez-nous plutôt la trace de Jaquet. Quand je pense que ce couillon de Coulon n'a même pas été fichu de le débusquer où qu'il se soit terré... Il aurait dû voir ou entendre le volet roulant remonter. Je demande sa mutation, et dès aujourd'hui...

Sans attendre Langlet prit ses distances d'un petit signe de la main. Mieux valait rester en famille pour ce genre de déballage. Après tout Bachelet n'essuyait pas ici sa première tempête.

— Oui, je suis en colère, Clément ! En colère d'être toujours à la traîne, en colère de l'avoir loupé encore une fois. Cette enquête ressemble méchamment à cette porte béante par laquelle il nous a échappé. Oui, Coulon est un con, incapable de sentir les choses. Quand on ne sait pas prendre la mesure du vent, on ne fait pas le paon sur le terrain. À se contenter d'exhiber son jean, son blouson et sa plaque, on n'est qu'une moitié de flic...

— ... Louise, tu es injuste de le résumer à cette seule panoplie. Que voulais-tu qu'il fasse ? Comment aurait-il pu flairer le danger plus vite que tu ne l'as fait. Si tu n'avais pas cette fâcheuse habitude d'oublier tes clés, Lequétel pendrait encore au bout de son drap. Sois contente, au final c'est grâce à toi qu'il est vivant. Tu peux savourer ton demi-succès, et surtout le premier échec de Jaquet. C'est un fait. Tu te dois de l'admettre...

— ... Et j'oublie de passer mes nerfs sur Coulon, c'est ça ?

— C'est cela.

— D'accord... J'oublie. Mais quand je pense que par sa faute la mère ou le fils auraient pu découvrir le corps... Non, Coulon est définitivement un con !

— Si tu veux... En tous cas Langlet et moi pouvons gérer sans toi les prochaines heures. Tu devrais aller te reposer un peu... Les voitures de police quadrillent la ville, il est recherché sur l'ensemble du territoire... Tu ne peux rien faire de plus.

— Si, je peux repartir à Poitiers.

~

Cela faisait un bon bout de temps qu'Anquetil n'avait vu débarquer un membre de la brigade, qui plus est à l'heure du café crème. Mais quel était ce ventre qui passait la porte que lui tenait Bachelet ? Quelle panse !

Occupé à transcrire son menu du jour au tableau noir, Anquetil essuya le blanc de la craie sur ses doigts avant de leur serrer la main.

— Et quelle pogne !

— Pardon ?

— Non, rien, je reconnaissais en Monsieur un caractère. Qu'est-ce que tu attends pour faire les présentations, Capitaine ?

— On a du renfort. Germain Langlet, capitaine, un collègue de la Criminelle. Jacques Anquetil, un homonyme, cuisinier et poète. Qu'est-ce que l'on peut lire de bon aujourd'hui sur ton ardoise ?

— En plat du jour ? Le Boyau de la Petite Reine…

— Andouillette à la crème légèrement moutardée, pommes sautées, traduisit Bachelet.

— Je ne sais pas pour toi, mais moi, sans hésitation. Exit le petit-déjeuner et va pour l'andouillette.

— Ah oui ? Allez, deux…

— Ça marche, mais il me faut vingt minutes au bas mot. En attendant je vous prépare une assiette de cochonneries, mais ce sera sans calva, mes poulets, je ne veux pas d'embrouille avec Louise. Un bon pichet de mon cidre fera très bien l'affaire…

~

Pendant ce temps Louise s'allongeait aux côtés de Lovi sans faire de bruit, tout habillée, en lui prenant la main.

— Ne t'inquiète pas, dors, je me repose un peu.

~

C'est dans l'avion que Louise se reposa. Le même jeune inspecteur vint les cueillir à l'aérodrome de Poitiers. Sarah était du voyage bien sûr, incontournable, solide et rassurante. Sarah qui n'avait pu s'empêcher de laisser glisser sur ce gamin un long regard caressant et très expressif.

~

Dans l'ascenseur qui les menait chez madame Doussaint, Louise réalisa combien elle était sur les nerfs. Elle n'aurait pas la patience de supporter ses tics et ses manies de mère couveuse. Leur face-à-face se devait d'être décisif, et ni l'une ni l'autre n'avait le droit de se manquer. Il n'empêche, si la maman jouait l'anguille ou la provocation, Louise ne résisterait pas à l'envie de lui jeter la vérité à la figure. Elle lui arracherait le cœur, et par n'importe quel moyen le renseignement décisif qui leur permettrait de rattraper le temps perdu, d'anéantir son meurtrier de fils. Plutôt la démolir que de laisser son rejeton prendre encore une vie.

Louise avait franchi le seuil sur les pas de Sarah, pénétré dans l'appartement et s'était assise machinalement un peu à l'écart. Sarah avait entamé la conversation, laissant à Louise le loisir de se ressaisir.

La petite mère Doussaint était encore en robe de chambre, les pantoufles au pied, le cheveu dépeigné. Rien que de très normal en fait. Il était encore tôt. Louise observait de trois-quarts cette femme dont les traits, le maintien lui avaient laissé le souvenir d'une personne résolue, obstinée, d'une petite mécanique de précision que rien ne saurait dérégler. Ce matin ce visage révélait autre chose. Toute tension semblait y avoir disparu, ses traits s'étaient relâchés, son allure aussi, à la manière de ressorts fatigués. Ce désordre trahissait un laisser-aller psychique. Incongru, déplacé. Quelque chose d'excessif qui ne lui convenait pas. Sarah avait beau lui poser les questions susceptibles de capter l'attention d'une mère, Anne-Marie Doussaint n'y était pas.

Louise laissant libre cours à son instinct avança son fauteuil, obligeant la mère de Jaquet à tourner son visage vers elle. Sarah s'éclipsa, prétextant un coup de fil. Louise accrochait un sourire apaisant à ses traits fatigués. Elle avait pris le contrôle de la situation.

~

Le commissariat de Poitiers avait organisé une visioconférence avec Hollebourg. Louise et Sarah, d'un côté. Bachelet et Langlet, de l'autre. Il fallait faire mouche du premier coup pour devancer Jaquet en trouvant son refuge.

— J'ai trouvé une mère Doussaint qui n'avait plus grand-chose à voir avec la femme de notre première entrevue, résuma Louise. Dès les premières minutes j'ai perçu ce changement sans pouvoir le définir. Ce petit bout de femme, tonique, sous contrôle, m'est apparue comme recroquevillée sur elle-même. Inaccessible. Pas un mot sur son fils, aucun signe d'inquiétude. Elle est tout de même sans nouvelles de lui depuis plusieurs jours… Et quelle absence dans son regard !

— Pas très surprenant, la coupa Langlet ! Elle est hors champ votre mamie, elle a tout bonnement implosé.

— Oui, ajouta Bachelet, la mère attentionnée qu'elle était, ou qu'elle affectait d'être, s'est instinctivement recentrée sur elle pour éviter de parler de son fils… Sans doute pour mieux se protéger de toute la terreur qui l'aurait alors submergée.

— Moi aussi, j'ai fait l'impasse sur Jaquet et laissé la mère divaguer. Au début, beaucoup d'incohérences, de digressions. Puis petit à petit quelques confidences. Inespérées. Et leur parcours devient lisible. Ça démarre au port de La Cotinière, sur l'île d'Oléron. Ils y vivent jusqu'au suicide du père, en 1982. Et ça finit à Poitiers où elle réside depuis 2001. Entre-temps il y a les Deux-Sèvres, avec Niort qui voit les débuts de Jaquet à la banque. Et plus significatif, à l'adolescence du gamin, un long séjour dans une maison des faubourgs de Thouars chez une tante acariâtre où ils n'ont pas dû rigoler tous les jours. Beaucoup d'exaltation alors pour évoquer une vie laborieuse, faite de brimades et d'humiliation.

— Là, on tient peut-être une piste. Le retour aux origines, le lieu de toutes les humiliations, la source de toutes les rancœurs ! L'exaltation est mauvaise conseillère. Au lieu de protéger la fuite de son fils, la maman nous livre sans le vouloir une clé. Depuis qu'il est passé à l'acte, Jaquet a exhumé le passé. C'est forcément là qu'il se réfugie. Il ne peut plus se cacher à Hollebourg ou Poitiers. Restent la Cotinière ou Thouars… Il faut savoir si l'une de ces maisons est restée dans la famille, en termina Bachelet.

Elles ne m'ont pas laissé le temps de lui serrer le cou et l'auront dépendu. Plutôt que l'assommer, j'aurais dû le saigner. Elles s'accrochent à mes basques comme des teignes. Et ce salaud m'échappe encore. Pourquoi ne l'ont-elles pas laissé crever ? Si elles savaient ! Mais je ne les décevrais pas.

Rester concentré. Garder à tout prix un petit temps d'avance. Elles finiront bien par comprendre !

Détrompez-vous, je ne fuis pas. J'avais tout prévu. Et mon plan fonctionne. Ce véhicule d'occasion que j'ai payé cash avec une carte grise non barrée et des plaques minéralogiques d'origine. Impossible de me tracer. Je me suis bien débrouillé. À moi de ne pas tomber sur un barrage. Quitte à le forcer. Non, plutôt rester calme, éviter tout contrôle. Ne pas leur donner ce plaisir de m'épingler.

Elle n'est pas si mal, cette petite voiture. Je vais rouler sans encombre jusqu'à Thouars. Et là je finirai le travail, je bouclerai la boucle. C'est le seul moyen de libérer maman.

Mais elles n'ont pas baissé les bras. Elles vont me chercher un refuge, une solution de repli. Elles finiront par penser à la tante, elles savent tout de nous. Sorcières ! Mais toi aussi, maman, tu le sais. Cette maison maudite qui nous a fait tant de mal ne sera jamais notre refuge.

Elles croient pouvoir m'y surprendre ? Elles veulent me piéger ? Moi ? Dans cette maison ? Sur mon propre terrain ? Malgré elles, malgré tous les flics de la terre, je m'y introduirai. Comme la petite souris que j'étais.

J'ai des comptes à régler avec elle. Je pourrais y mettre le feu pour nettoyer toute cette saleté. M'y retrancher comme un forcené jusqu'à sa destruction. Tout purifier, maman. C'est moi qui décide.

JEUDI 3 NOVEMBRE À MIDI

C'était une maison commune, à l'image de toutes celles de cette cité-jardin voulue par les actionnaires de la Compagnie des chemins de fer dès le début des années trente pour permettre au personnel roulant d'accéder à la propriété. Dans ce quartier du Cottage bien mal nommé, à la sortie de Thouars sur la route de Saumur, après un enchevêtrement de rails aux abords du dépôt, les terrains agricoles et les jardins ouvriers le disputaient aux voies désaffectées.

Un important problème de réservoir des eaux usées se révéla insoluble faute de volonté politique, les cités ouvrières n'étant plus dans l'esprit des années soixante. Et le petit peuple ouvrier dut ravaler ses ambitions. Au fil du temps les infiltrations avaient rongé les terrains comme elles avaient ébranlé les fondations de leur propriété. Impossibles à entretenir, les maisons s'étaient détériorées dès la seconde génération de petits propriétaires en col blanc, et le quartier avait lentement périclité. Au point de devenir celui des locations à bon marché.

Située au début du boulevard Auguste-Faure, la maison en elle-même n'était pas désagréable. L'entrée donnait sur un chemin de terre qui menait à un champ où se perdaient un potager et un verger à l'abandon. Côté rue, derrière les barreaux rouillés d'une vieille grille où s'accrochaient le lierre et le liseron, se devinaient les vestiges d'un petit jardin d'ornement. Le crépi de la bâtisse se fissurait et s'écaillait tout comme les volets métalliques de couleur brune. La bâtisse ? Un rez-de-chaussée surélevé sur entresol, un seul étage avec trois grandes fenêtres en façade. Et le brouillard qui enveloppait le tout et qui rendait plus incertaine la vision de cette maudite baraque.

Le gendarme en faction n'y voyait pas à dix mètres. Il s'était réveillé avec un violent mal de crâne et depuis une heure que l'humidité lui transperçait les os il éternuait à tout va. Il aurait dû garder le lit. Seulement voilà, un type au sec dans ses chaussures l'avait planté là, les deux pieds dans la glaise. Il faisait le pied de grue en attendant qu'un maboul sorti de nulle part daigne montrer le bout de son nez.

~

— Un petit quart d'heure de vol, avait précisé le gendarme chargé de les accompagner à l'héliport.

Mais si à Poitiers les conditions météorologiques étaient épouvantables, un ciel d'encre y déversait une pluie drue et régulière, la région de Thouars était rayée de la carte sous la mélasse.

— Impossible de voler, avait affirmé le pilote.

C'est finalement vers onze heures que Sarah et Louise soucieuses du temps passé quittèrent l'héliport en voiture. Le gendarme au volant avait cru bon de les rassurer :

— Malgré les marais qui fument, foi d'animal, nous serons à Thouars dans une heure tout au plus.

Mais ce n'est que peu avant midi et demi qu'ils pénétrèrent dans les faubourgs de la petite ville asphyxiée sous l'épaisse couche de brouillard que teintait à espaces réguliers la lumière pauvre de l'éclairage public. Car le conducteur, avec son képi, son gyrophare et sa sirène, n'avait jamais voulu dépasser les soixante kilomètres-heure.

Vous voudriez que je conduise comme vos cow-boys de la police ? Mais moi, Capitaine, je ménage ma monture !

— Exaspérant ! avait marmonné Louise. Elle se consolait à la pensée que papa Robespierre avait déblayé le terrain, prévenant le parquet, mobilisant toute une brigade de gendarmerie et préparant l'intervention de la BRI[27].

~

C'est enfin alarme et feux éteints que le véhicule se coula jusqu'à la planque organisée face à la maison de la tante de Jaquet. On y accédait à l'arrière par une rue parallèle à la grand-rue.

En pénétrant dans ce garage agricole où gisaient quelques carcasses de tracteurs éventrés, Louise eut furtivement la vision du cimetière des Manchots plongé dans la brousse normande. Elle était d'une humeur de chien et brisa le cercle qu'un petit groupe – rien que des hommes, des gendarmes en nylon et des flics en blouson – formait autour d'un jeune magistrat en costume.

— Capitaine Mattinen, PJ d'Hollebourg.

— Delaniel, substitut…

— Oui, bonjour, Monsieur le Substitut. Où en est-on ?

— On attend. A priori il n'est pas arrivé.

Louise fixait déjà le mur de tôles ondulées qui les séparait de la rue, et peut-être au-delà de son fugitif.

Elle planta Sarah au beau milieu de l'assistance. Il y avait décidément trop de monde. On se serait cru dans un hall de gare avec ce tas de flics désinvoltes, plus ou moins concernés par les évènements, qui attendaient que l'on sifflât l'arrivée du train. Seuls les hommes de la BRI de Nantes qui se tenaient à l'écart, encagoulés, tout de noir vêtus, donnaient l'impression de savoir ce qu'ils avaient à faire.

Il était temps de reprendre les rênes. Sans ostentation mais sans ménagement. Louise se fit communiquer les détails de la surveillance mise en place. Au-dehors, planqué dans un bosquet, un gendarme esseulé se chargeait des arrières. À l'intérieur du garage, deux

---

27 Brigarde de recherche et d'intervention.

guetteurs, à travers des trous pratiqués à même les tôles du rez-de-chaussée et les volets de bois du bureau situé à l'étage, scrutaient un vide cotonneux. Deux sentinelles égarées au seuil du néant.

— Les jumelles sont sans doute très performantes, avait lâché Louise à Sarah, mais il est absolument impossible de surveiller efficacement la maison dans de telles conditions. Cette attente est absurde. Imagine ! N'importe quel empoté pourrait aller et venir sans être repéré.

Elle prit à part quelques secondes le substitut, puis donna des ordres pour que l'on procédât très discrètement à la fouille des environs. Jaquet savait rester à l'affût en guettant le moment propice. Louise, elle, n'attendrait pas qu'il se manifeste pour agir.

~

Vers midi, après avoir échappé aux quelques barrages mis en place à la périphérie de Thouars et caché sa voiture près du dépôt, Jaquet s'était approché de la maison. Il avait progressé lentement en traversant un par un les jardins. Arrivé à l'ancien potager de la maison voisine, à l'abri d'une vieille cabane à outils, il avait marqué une pause et habitué ses yeux à fouiller le brouillard. Un képi avait fini par apparaître aux abords de la maison, à la limite de l'ancien potager. D'autres devaient être à l'affût côté rue.

Franchir la clôture et ramper jusqu'au soupirail de la cave sur le flanc est de la maison ne fût qu'un jeu d'enfant, ce même enfant qui échappait à sa tante pour se soustraire à ses diktats et la faire enrager.

~

Louise avait appelé Hollebourg. On ne pouvait plus attendre, il fallait intervenir au plus vite. C'était son intuition et elle voulait la mettre à l'épreuve de l'expertise de Bachelet.

Celui-ci pendant ce temps avait fait parler cette maison de Thouars. Fermée depuis plus de dix ans, elle appartenait à Jaquet. Il l'avait héritée de sa tante ainsi qu'une jolie somme d'argent qui lui avait permis de payer les droits de succession.

— Mais pas de locataire, pas de mise en vente. Bref, un lieu à l'abandon, sans doute pour murer les accès à des souvenirs douloureux, figer un pan entier de sa mémoire. Nous avons suivi la piste…

— … Et la piste est bonne avait ajouté Langlet…

— De toutes façons nous n'avons plus le choix. Il faut jouer cette dernière carte. À cet effet nous risquons une théorie, et elle a sa logique. Toujours le chiffre trois. Jaquet s'est acharné sur Lequétel qui devait être sa troisième victime, la fin de son obsession. Il l'a loupée. De peu, mais il l'a loupée. Or il doit en finir, coûte que coûte, tuer une troisième fois. Et son temps lui est compté. Tu as raison de vouloir intervenir, Louise. Tout ce que nous raconte cette maison, la souffrance qu'elle incarne pour lui, nous fait dire que s'il vient à Thouars, ce n'est pas forcément pour se cacher…

Et Langlet de conclure :

— … L'idée peut lui être venue d'achever son brelan et de s'y foutre en l'air…

Louise avait tranché :

— Clément, dis à Robespierre que je déclenche l'opération.

En quelques mots, les deux hommes avaient précipité sa décision. Elle n'avait eu aucun mal à convaincre le substitut. Il y avait toujours de quoi se pendre dans ces vieilles baraques.

~

Embusqué derrière une fenêtre du grenier où la tante faute de place au premier lui avait autrefois aménagé ce qu'elle appelait une chambre – plutôt un coin de chambre, comme l'on dit un pot de chambre –, Jaquet observait le garage Richard qui semblait avoir perdu de son utilité, et quelques lettres de son enseigne. Quand son regard fut attiré par des ombres en mouvement au fond de la ruelle qui longeait le garage perpendiculairement à la grand-rue. Silhouettes furtives à la queue leu leu. Six, sept, huit, dix peut-être. Tout un petit monde s'agitant avec infiniment de précautions. Mais lui les avait repérés. Et leur manège en était dérisoire.

La tante aussi arrivait par la ruelle quand elle revenait des courses le samedi midi. Elle traversait le boulevard Auguste-Faure à pas menus, poussait la grille et s'attaquait à la montée du perron en soufflant, son cabas maigrement fourni à la main gauche. Elle s'agrippait de l'autre à la rampe en fer forgé du petit escalier de façade protégé d'une marquise qui avait connu des jours meilleurs. Mais avant de pousser la porte vitrée de petits carreaux, elle se retournait invariablement pour vérifier d'un regard aigu si j'avais bien rempli la tâche qui m'incombait en rentrant de pension. L'ordre prévalait dans son jardin d'ornement qui n'en avait que le nom. Haie taillée au cordeau, bout de pelouse rasée comme le seraient un peu plus tard mes cheveux, mauvaises herbes ou feuilles mortes escamotées. Elle pourrait ensuite, après le déjeuner que préparerait maman, redescendre au jardin en grande dame pour cueillir le bouquet du dimanche.

C'était étrange comme rien n'avait bougé. Bien sûr le temps qui passe avait marqué de son empreinte de poussière les parquets, tapis et papiers peints, chaque meuble, chaque objet. Mais sous le voile émergeait la lumière indigente qui avait accompagné leurs sinistres soirées. Et maman qui cousait…

Puis le moment venait d'étreindre sa mère timidement et de tendre la joue à sa tante, sans le moindre regard, pour un baiser furtif. Il regagnait son lit. Tout en haut de l'escalier obscur, dans cette chambre glaciale grossièrement isolée du reste du grenier par un bardage de bois, il allait tant bien que mal au bout de ses nuits malgré les grincements sinistres de la charpente, la cavalcade des fouines au-dessus de sa tête et le chuintement de l'effraie qu'il associait invariablement à la menace d'un être terrifiant tapi derrière la porte dont il surveillait le loquet.

Mais il avait grandi, apprivoisé la peur, sinon la tristesse sourdant des murs de la maison qui gardaient encore l'empreinte des ladreries et doléances de la tante. Des rancœurs contre ce frère qui lui avait laissé pour seul héritage la charge de sa femme et de son avorton. Mais elle était payée en retour par le travail domestique qu'elle commandait à la mère et les humiliations qu'elle infligeait à l'enfant.

Un bon souvenir ? Un seul ? Il n'en trouvait aucun. Sauf peut-être ce matin d'hiver où la tante avait dégringolé les marches gelées du perron et s'était fracturé le poignet.

Pourtant Thouars était le bon endroit pour finir le travail. Ils avaient beau resserrer l'étau, car il fallait admettre qu'ils étaient à la hauteur, il avait tout prévu, y compris la nécessité de quitter Hollebourg pour éviter d'être piégé avant d'en avoir terminé. Ce qui avait été facile. Dès la mi-octobre il avait acheté cette vieille Peugeot sur Paris en espèces et ne l'avait toujours pas mise à son nom. Les flics pouvaient toujours éplucher ses papiers, ses relevés de banque, jamais ils n'en retrouveraient la trace. Ce matin il avait profité de la petite avance qu'il avait sur eux pour récupérer la voiture garée à une centaine de mètres de chez Lequétel et quitté la ville sans encombre en prenant les routes de bord de mer où on ne l'attendait pas. Puis l'autoroute à Caen pour sortir avant Saumur et traverser la Loire à Longue. Après Doué-la-Fontaine il avait emprunté des chemins vicinaux puis un chemin de terre qui menait à travers champs jusqu'aux faubourgs de Thouars. Il avait dissimulé sa voiture dans un bosquet et parcouru à pied les deux kilomètres qui le séparaient encore de la cité-jardin. C'est ainsi qu'il avait échappé aux barrages et à la vigilance policière. Précaution supplémentaire, il avait troqué le costume cravate, sa panoplie de directeur du contentieux, contre celle d'un jogger de la Toussaint – baskets, bonnet et laine polaire.

Bien sûr Lequétel s'en est tiré. Il ne méritait pas la vie, celui-là. Trop insolent, trop sûr de lui… Mais tant pis ! Puisque les flics en ont décidé autrement… Heureusement la prochaine victime est à ma merci, elle ne peut m'échapper. Et la fliquette qui est là, à l'affût, ne pourra rien pour elle.

Puis ses voix s'étaient tues. Le moment était venu de passer au salon.

JEUDI 3 NOVEMBRE DANS LA NUIT

Cette fois ils étaient arrivés à temps. Au moment même où il se passait la corde au cou. Avant que le nœud se resserre et scelle la victoire de Jaquet. Avant qu'il leur tire sa révérence, leur inflige un ultime cadavre. Le cauchemar prenait fin, Louise était libérée. Ni fière, ni particulièrement heureuse… Simplement soulagée de lui avoir soustrait cette troisième victime.

D'autant plus soulagée que s'étant faufilée avec Sarah au milieu de la file indienne formée par les agents de la brigade d'intervention elle avait plongé au cœur de l'action. Elle avait beau être habituée à la noire procession de ces hommes masqués, leur déplacement mécanique, bras tendus, les deux mains refermées sur leur arme, lui collait toujours la peur au ventre.

Jaquet n'avait opposé aucune résistance, mais les traits de son visage accusaient sa défaite. Son attitude était celle d'un homme qui a raté le dernier train, seul sur le quai, ses bagages à ses pieds, le regard perdu dans les brumes de Tuonela[28].

Mais l'assassin était dans la boîte. Louise s'était souvenue du dernier conseil de Lachaume. À l'instant de quitter la barque pour vivre parmi les hommes il lui avait offert une de ses dernières métaphores : « Quand le grillon est dans la boîte, mon petit, n'oubliez pas qu'il doit se remettre à chanter. Pratiquez quelques trous dans le couvercle et laissez-lui de l'air. »

Louise avait donc respecté le silence de Jaquet.

---

28 Pays des morts dans la légende finlandaise de Kalevala.

~

Dans un recoin de l'aérodrome de Niort, Jaquet menotté, la tête dans les épaules, les yeux rivés au sol, était coincé entre deux gendarmes. Malgré tout Sarah ne le quittait pas des yeux.

Louise s'était éloignée. Elle traversait le hall tout en composant dans le creux de sa main le numéro qui la séparait de Lovi.

— Maman a chassé Louhi, ma chérie. Je rentre vite à la maison.

Et Louise face à la nuit devant la baie vitrée, la tête redressée et les traits détendus, discernait le franc sourire de sa fille, le visage collé à la vitre de la maison blanche, face à la mer.

~

L'avion qui les ramenait à Hollebourg décolla à dix-huit heures. Il avait fallu trois heures pour s'assurer que l'assassin était en mesure de voyager et pour dénicher un avion capable de voler avec ce temps de chien. Dès qu'ils eurent quitté la terre ferme, bercée par le seul ronronnement des moteurs, Louise avait lentement dérivé. Au bout du silence, émergeant de son propre brouillard Jaquet s'était redressé, brisant les somnolences. Toujours sombre, mais tranquille. Il retrouvait, un peu surpris, les deux jeunes femmes qui l'avaient terrassé.

Quand son regard accrocha celui de Louise, il était dénué de toute agressivité.

« Vous m'avez fait louper ma sortie… Pas de quoi pavoiser, ce n'était pas si compliqué. Le flic est en quête de charognes, le flic bosse sur le malheur des gens et les larmes laissent leur trace. La souffrance est facile à pister.

« Mais nous n'avons pas eu que du malheur dans cette maison jaune à l'étroit sur les quais. Elle filait vers le ciel. Moi, je le guettais à la lucarne du grenier. Toujours nue tête, la vareuse délavée, il surgissait entre deux bateaux, enjambait les filets et jetait un regard vers en haut avant de disparaître. Sur la table de la cuisine, une maigre caissette, et c'étaient la roussette, le lieu noir, les maquereaux. Plus rare, une bassine grouillante de vie qui faisait miroiter la chaudrée du dimanche.

« Il m'emmenait pêcher enfant, quand la mer était calme. Quand nous revenions, moi à la proue du chalutier, lui dans la cabine et maman qui venait à notre rencontre en remontant le quai… Le sourire de maman ! Vous, vous arrivez à la fin, vous ne comprenez rien, vous ne savez rien, sinon vous nous auriez laissés… J'essayais seulement de la libérer de son fardeau. De la mémoire de cet homme qui a failli le jour où il a renoncé à lutter avec les poissons, à nous rendre heureux… La mer, la tempête, le vent, il n'avait pas peur. Pourtant, un jour il a grimpé au mât et n'est jamais rentré. Et maman a perdu son sourire. »

Les doigts de Jaquet en tremblaient de rage mal contenue. Elle pouvait être cinglante, Louise, dure même, mais elle avait le don de libérer la parole, sans rien faire, sans rien dire. Celui-là, comme les autres, avait fini par s'épancher.

Sarah, chargée de la sécurité de Louise, observait le bonhomme. Ses mains soignées entravées par les menottes étaient celles d'un homme qui ne connaît pas le travail manuel. Sa barbe clairsemée cachait mal ses joues roses et replètes, sa lèvre inférieure un peu tombante d'un rouge carminé sous la lèvre supérieure plus mince mais joliment dessinée. Dans ce visage mou brillaient de fièvre mal éteinte des yeux étonnamment gris. Son apparence un peu veule dissimulait pourtant, Sarah ne l'oubliait pas, une force certaine.

« C'est drôle, je n'avais plus jamais pensé depuis sa mort à ces années heureuses, à cette façon qu'il avait de me chiffonner les cheveux sur le crâne quand j'allais me coucher : "Allez, dors bien, Petit." »

Il n'avait que treize ans quand son père avait déserté et il devrait attendre longtemps avant de redessiner un sourire sur les lèvres de sa mère.

Après deux années de collège à Thouars, sa tante l'avait littéralement chassé de son grenier et expédié à l'internat du lycée Saint-André de Niort où il avait vécu amèrement la séparation forcée d'avec maman. Après son bac en 1987 il avait rejeté, en accord avec sa mère, le prénom de son père pour ne conserver que celui de Rémi. Faute de moyens il avait renoncé à des études longues pour faire son entrée dans la banque, par la petite porte certes, mais à la Générale de l'Ouest de Niort. Au guichet pour commencer. Il avait une seule idée en tête, gagner leur indépendance et arracher maman aux griffes de la vieille. Au bout de deux années de sacrifices passées dans un foyer de jeunes travailleurs, à vingt ans tout ronds, il terrassait enfin le dragon. Établi au cœur de la ville, sa mère à ses côtés, il retrouverait le goût du bonheur domestique.

Modeste, appliqué, travailleur acharné, il avait grimpé les échelons pendant douze ans. Rivé à son objectif de réussite, il avait accepté toutes les formations internes, jusqu'à obtenir en 2001 une promotion à Poitiers. Muté au service contentieux, il ne lui faudrait que deux ans pour être nommé sous-directeur.

Sarah commençait à en avoir assez de consigner l'ascension de cet ersatz de Rastignac à la dérive, de sa logorrhée, de ce regard fiévreux qui s'accrochait au visage de Louise, à l'empathie qu'il exprimait. Mais heureusement pour elle la machine s'était grippée. Jaquet s'était refermé.

~

Ces marins sont comme lui. Laborieux, gagne-petit, destinés à déserter. Comme ce rat de Lacroix. Même les plus fanfarons, les aspirants armateurs. Des rigolos ! Aucune suite dans les idées. Toujours prêts à réclamer de l'argent. Des subventions, en veux-tu, en voilà ! Des prêts, pour pêcher plus gros. Tout ça pour finir par crever. Ou la mer ou la corde ! Il y en a qui réussissent, bien sûr. Qui trahissent leur clan. Qui vous regardent de haut. Qui mangent gras, qui se payent des maîtresses. Pas de quartiers, ils doivent payer aussi. Les directives sont claires. Du poisson en gélules, des bateaux fantômes et quelques automates. Exit le petit peuple de la mer. Désincarner la pêche, voilà la solution.

J'ai puni le pendu, et maman est vengée. Ils croient que je n'ai pas fini mon travail, mais je ne suis plus de ce monde. Elle comprendra. Ne tardera pas à me rejoindre. Et si papa est enfin à la hauteur, il nous guidera loin du port. Les Manchots regorgent d'épaves. Nous leur échapperons.

~

Ce seraient a posteriori les recherches de Bachelet qui compléteraient le récit de Jaquet. La Générale de l'Ouest est rachetée par une banque nord-européenne alliée aux Lloyds de Londres et basée à Anvers. Ainsi Rémi Jaquet, réputé pour son intransigeance, se retrouve-t-il à Hollebourg depuis le mois d'avril dans une des nombreuses succursales maritimes de Brauwere & Boijmans, l'Océane de crédit, avec le grade de directeur du contentieux. C'est la consécration. Seulement, voilà ! La mère est fatiguée. Elle se résigne à ne pas suivre son fils chéri. Ce qu'il comprend mais dont il souffre. Les signes d'angoisse et de dérèglement ne tarderont pas à se manifester. Puis à se précipiter. Insidieusement il va prendre chaque marin-pêcheur en grippe jusqu'à se sentir investi de cette mission salvatrice qui consisterait à les éliminer froidement pour céder finalement à la fièvre meurtrière.

Quelques semaines avant son passage à l'acte il reçoit une note de service importante émanant du siège. Dans le cadre des orientations semestrielles de la banque, parmi les directives il en est une qui retiendra toute son attention. L'Océane de Crédit s'intéresse désormais à un grand projet d'installation d'une chaîne de distribution de produits de la mer dans la région.

Jaquet ouvrit les yeux à l'instant où le train arrière de leur avion avait heurté le bitume du petit aérodrome de Saint-Lô. La pluie ruisselait sur le pare-brise, n'offrant qu'une vision brouillée de la piste. Des feux qui clignotaient, deux ou trois gyrophares, les masses sombres des voitures. Et le martellement obsédant et inhospitalier de l'eau quand le pilote eut coupé les moteurs. Et chacune des gouttes qui les pénétreraient une fois franchie la porte de l'avion.

Sarah poussa devant elle l'assassin qu'elle remit aux gendarmes venus à leur rencontre. Une voiture de police les attendait à l'écart. Zyeux bleus était au volant, Ly Lan à ses côtés, Louise déjà installée à l'arrière, sans doute son portable à l'oreille.

En réalité Louise pensait à son père qui, s'il n'avait pas déserté, les avait quand même abandonnés en succombant à un cancer broncho-pulmonaire primitif. Rien n'était trop beau pour la classe ouvrière !

Demain Lovi n'irait pas à l'école. Ils resteraient tranquillement à la maison. Puis tous les trois sortiraient à marée basse pour soulever les pierres et dénicher les crabes.

JUIN 2013

L'arrestation de Jaquet avait été montée en épingle par la presse qui depuis un bon moment avait cédé au chant des sirènes entonné par ses actionnaires. Elle se vautrait dans le sensationnel en épiloguant sans fin sur le passé tourmenté du tueur en série qu'elle offrait en pâture. Sur le destin tragique des victimes et de leur famille. Le préfet était aux anges. D'autant que l'on vantait l'efficacité d'une police hier encore chahutée pour son incompétence.

Seuls quelques irréductibles, encouragés par une presse confidentielle et partisane, avaient cru bon de manifester leur opposition à l'inauguration à Laval d'un nouveau type de magasin exclusivement dédié aux produits de la pêche du port de Carteret sous la bannière de City Fish.

Une nouvelle flottille ratissait déjà la Manche et la mer du Nord. Peu à peu, enfin soulagés de leurs soucis de petits patrons, les marins pêcheurs grossiraient les rangs d'une multinationale déjà cotée en Bourse et promise à un avenir radieux.

Et dire que la population d'Hollebourg avait craint un moment que la pêche ne fût en crise !

Imprimé en France
ISBN 979-10-284-2905-8
Dépôt légal : 3e trimestre 2023